Langenscheidt
Unwörterbuch

Politikerisch

Viel Nichts um Lärm

Thomas Reis

Langenscheidt
München · Wien

Langenscheidt Unwörterbuch „Politikerisch“

Idee und Konzeption:
Langenscheidt-Redaktion Entertainment
Autor: Thomas Reis
Lektorat: Karen Dengler
Illustrationen: Mark Frost
Layout und Umschlaggestaltung: Agentur Kopfbrand, München

Satz: Tim Schulz, Mainz
Druck und Bindung: C.H. Beck, Nördlingen
ISBN: 978-3-468-73888-3
www.langenscheidt.de

14010

Vorwort

Sie, verehrte Leserschaft, halten ein Buch in der Hand. Ein „schmales, aber immerhin“, sagt Thomas Reis, der von mir sehr verehrte Autor. Er zählt Sie damit zur **Elite.** Ich dagegen bin völlig am Ende, denn der von mir sehr verehrte Autor hat mit mir um jedes Wort gerungen, um jedes Komma, um jeden Punkt: für ein Wörterbuch, das kompromisslos aufdeckt, was sich hinter der Sprache und den Begriffen der **Politiker** verbirgt . Dieser von mir sehr verehrte Autor ist klug, hat Format und schlaflose Nächte. Die hatte ich auch, weil ich aufgrund des kleinen Formats nicht alles von ihm unterbringen konnte. Jetzt redet er nicht mehr mit mir. Lesen Sie dennoch!

Die Lektorin, nach Diktat verreist

A

Abschreckungspolitik [*f*] Abgesehen davon, dass Politik meist abschreckend ist, folgt Abschreckungspolitik dem antiken militärischen Grundsatz: *Si vis pacem para doxon* – oder so ähnlich.

Abschreckungswaffe [*f*] Irrglaube bei jeder Waffe. Waffen schrecken nicht ab. Kaltes Wasser schreckt ab – gekochte Eier oder Gemüse.

Absichtserklärung [*f*] Mit großer Verve vorgetragene Erklärung der Absicht, eine Absicht zu haben. Aber eine enorme Ausholbewegung macht noch keinen großen Wurf.

Abweichler [*m*] Abwertend für einen Rangniedrigeren, der nicht der gleichen Meinung ist.

Aktien [*f pl*] Sind Mist, es sei denn, sie steigen. Wenn sie steigen und du hast keine, bist du der Depp und steigst ein. Dann bist du wieder der Depp, weil sie danach wieder fallen. Dann steigst du aus und bist wieder der Depp, weil sie danach wieder steigen.

Alternativlos [*adj*] Das stimmt so nicht. Wenn das Volk kein Brot hat, kann es ja Kuchen essen. Es gibt immer eine Alternative.

Altersteilzeit [*f*] Sanfter Ausstieg aus der Werktätigkeit. Wird ungern gesehen, weil sich unsere Laufzeit ständig verlängert, ohne dass wir uns zuvor hinlänglich erneuert hätten.

Ampelkoalition [*f*] Auf absehbare Zeit nur als Fußgängerampel, bei der FDP sind die Lampen ausgegangen.

Alternativlos

Angela [*f*] Auch bekannt als Angie, Alternativlos, Mutti oder das Merkel, seit dem 22.9.2013 allumfassender Begriff des Politischen. Angela, das ist Anmut am Arbeitsplatz. Unser Unionspokémon hat sich im Amt enorm entwickelt: von der leicht übergewichtigen Zonenbarbie zur All-in-one-Angie, zur Super-Nanny der Weltpolitik. Angela hat zwar keinen Standpunkt, aber den vertritt sie vehement.

Anlageberater [*m*] Macht aus jedem Brötchen, das wir verdienen, ein halbes. Wir sind ihm dafür dankbar, weil man halbe Brötchen besser schmieren kann.

Anschlussverwendung [*f*] Eine Waschmaschine findet nach ihrem Anschluss Verwendung, ist hier aber nicht gemeint, sondern die berufliche Perspektive des Niedriglohnarbeiters nach einer Massenentlassung. Diese ist düster, weshalb sich die Schleckerfrauen selbst um ihre Anschlussverwendung kümmern sollten. Ob Philipp Rösler dabei an eine Verwertungsgesellschaft von Biorohstoffen dachte, bleibt ebenso unklar, wie die Frage, ob sich für die

ANSCHLUSSVERWENDUNG

„Jetzt gilt es für die Beschäftigten – mehr als 10 000 vornehmlich Frauen, allein erziehende Mütter und auch ältere Frauen –, schnellstmöglich eine Anschlussverwendung selber zu finden.“

Der ehemalige Bundeswirtschaftsminister Philipp Rösler (FDP) empfiehlt im März 2012 den vor der Entlassung stehenden Schleckerfrauen eine schnelle Jobsuche.

FDP eine Anschlussverwendung finden lässt. Rösler selbst fand Verwendung beim Weltwirtschaftsforum. Aber wofür? Das ist auch unklar.

Arabischer Frühling [*m*] Kolonialschmelze. Der Imperialismus sagt leise servus, das beunruhigt uns. Egal, wer in den OPEC-Staaten regiert, Hauptsache, er macht es nicht selbst. Es ist unser Öl, das dürfen wir nicht vergessen. Was verbirgt sich im Zentrum des Wortes Tankstelle? Ankst, legen wir die neue Rechtschreibung zugrunde.

Arbeitskreis [*m*] Meist läuft es da nicht so rund, wie es geometrisch intendiert ist. Funktion des Arbeitskreises ist, Funktionslosen den Eindruck zu vermitteln, sie hätten eine Funktion: die Erlangung von Expertenwissen. Dafür gibt es aber bereits die Experten.

Asse [*f*] In Auflösung befindlicher Salzstock, Zwischenendlager für radioaktive Überraschungseier. Asse, beim Kartenspiel begrüßenswert, für Baumaßnahmen ungeeignet.

Asylsuchender [*m*] Wer es bis nach Deutschland schafft, darf hier Asyl suchen, finden wird er es kaum, es ist gut versteckt. Für eine erfolgreiche Asylbewerbung muss der Asylsuchende seine politische Verfolgung nachweisen, da er seinen Verfolger aber selten dabeihat, ist das kompliziert. Selbst Gott hätte derzeit kaum Aussicht auf Asyl oder gar Einbürgerung, er kann nicht Fußball spielen, hat keinen Hochschulabschluss und nicht den geringsten Schimmer von Software-Entwicklung.

Atomkraft [*f*] Bombensicher. Es gibt andere Risiken: Erdbeben, Nieselregen,

ASSE

„Die Rückholung entwickelt sich immer mehr zur ‚Mission Impossible'".

Der Vorsitzende der Entsorgungskommission (ESK) des Bundes, Michael Sailer, äußert am 22.9.2012 gegenüber der Frankfurter Rundschau seine Zweifel an der Rückholbarkeit der Atommüllfässer aus der Asse.

Neuschnee, Bodennebel, aber das ist höhere Gewalt.

Atommüll [*m*] 2 Millionen Jahre können sich ziehen.

Aufmerksamkeitsdefizitsyndrom [*n*] Abgekürzt ADHS. Häufiges Krankheitsbild überlasteter Politiker. Spitzenpolitiker sind oft unkonzentriert, denn sie wurden verdünnt, durch Alkohol, Ritalin, Haldol, die Parteibasis oder ihren langen Marsch durch die Illusionen.

Ausländerkriminalität [*f*] Besonders schlimm ist es mit der Ausländerkriminalität in der Türkei, dort ist nur noch jeder 21 362ste Täter ein Deutscher, das ist beunruhigend. Wer will, kann die Moslems dafür verantwortlich machen.

Ausnahmeregelung [*f*] Sonderregelung für systemrelevante Zielgruppen (Flugbenzin, Emissionsrechte). In der Finanzwirtschaft ist die Ausnahme die Regel, da bluten wir immer. Sollte Ihnen die Bank ausnahmsweise, weil Sie es sind, ein vielversprechendes Finanzprodukt anbieten, fragen Sie sich bitte zuerst, warum die Bank das Geschäft nicht selbst macht.

Ausreisezentrum [*n*] Merkwürdiger Begriff, so ein Flüchtling stellt gar keinen Ausreiseantrag, der wird ausgereist, so weit weg, dass wir später gar nichts davon wissen konnten. Soweit, so deutsch. Aber was machen wir mit den Ausländern, die gar nicht Aus Ländern kommen, sondern aus Tibet oder Neukölln?

Autobiographie [*f*] Das Abfassen von Selbsterfahrungsschmonzetten ist eine kalligraphische Zwangsneurose der politischen Kaste. Besonders schreibfreudig sind die Sozialdemokraten, die Partei der Dichter und Denker, hier wiederum besonders griffig Franz Münteferings Opus *Macht Politik!* Was machte er? Feierabend, mit einer jungen Frau, das ist nachvollziehbar, aber eher unpolitisch.

B

Bad Bank *[f]* Gegenteil von Good Bank. Was ist eine gute Bank? Keine Ahnung. Nicht alle Banker sind kriminell, einige sind dafür einfach zu faul.

Bankenaufsicht *[f]* Wünschenswert. Wer zur Bank geht, hat doch stets das Gefühl, sein Geld zu stehlen, die rücken das so ungern raus.

Bankenrettung *[f]* Banken sind die karitativen Einrichtungen, die wir ständig retten, vor sich selbst, aus Dankbarkeit, das ist das Urprinzip der Marktwirtschaft. Wenn einer versagt, eilt die Solidargemeinschaft herbei und hilft ihm behutsam wieder auf die Beine. Spaß beiseite, die Bankenrettung ist der Versuch, den Kapitalismus zu retten, das ist unkapitalistisch. Bankenrettung?

Stellen Sie sich den umgekehrten Fall vor: Da raubt einer die Bank aus, lässt danach die Beute in der Kneipe liegen, geht zurück zur Bank, fordert Schadenersatz und bekommt den auch. Wer macht so was? Wir.

Bankgeheimnis [*n*] Wer zu viel Geld hat, legt es an, weiß aber gar nicht mit wem. Das ist das Bankgeheimnis. Das ist so geheim, das weiß nicht einmal die Bank, das will sie auch gar nicht wissen. Denn für den Banker spielt Geld keine Rolle, er hat es ja, unseres. Wer hat schon ein Verhältnis zum Geld – anderer Leute? Ein wichtiger Tipp: Arbeiten Sie mit einer Bank zusammen, holen Sie bitte zuvor eine Schufa-Auskunft ein, um das Geheimnis Ihrer Bank zu lüften.

Basisdemokratie [*f*] Von den Grünen revitalisierte Idee zur Manifestation des parteipolitischen Willens, leider nicht alltagstauglich. In der Basisdemokratie sind zwei schon einer zu viel, wie in vielen Beziehungen.

Bauchentscheidung [*f*] Der Politiker traut seinem Gehirn nicht über den Weg, weshalb er gerne andere Organe für sich verantwortlich macht, etwa den Bauch, wo sich eine Zweigstelle seines Gehirns befindet. Was bei ihm aus dem Bauch herauskommt, geht weit über Stoffwechselendprodukte hinaus: weltpolitische Analysen, ökonomische Krisenbewältigung, wasserdichte Umweltgutachten und Bauprojekte, empirisch fundiert, intersubjektiv reflektiert, unfehlbar und in Sekundenschnelle. Was du da Zeit sparst, enorm.

Beraterhonorar [*n*] Wer keine Ahnung hat, holt sich einen Berater und bezahlt ihn dafür. Die Berater beratungsresistenter Politiker werden vom Steuerzahler entlohnt, das bringt zwar nichts, ist aber nicht bedrohlich. Wer hingegen einen Bankberater hat und den auch noch bezahlt, der wäre besser beraten, auf einen Sterbehelfer zu sparen.

Biblis Musste dringend vom Netz. Denis, Marvin und Paul müssen das auch, sonst fliegt uns eine ganze Generation um die Ohren.

Bierdeckel [*m*] Heiliges Utensil. Denkzettel für trinkfeste Autoren und kontaktfreudige Kneipengänger, darf nicht für Steuererklärungen missbraucht werden.

Bildungsferne Haushalte [*m pl*] Haushalte, die der Bildung fern bleiben, häufig aus Kostengründen und aufgrund lan-

Bildungsferne Haushalte

ger Anreisewege durch die Institutionen, oft aber auch aus Bequemlichkeit. Ein Buch erst nicht wegschmeißen und dann auch noch lesen, die Zeiten sind vorbei. Bildungsfern ist realitätsnah. Dieses Phänomen zieht sich durch alle sozialen Schichten.

Bio Beliebtes Etikett zur Vertrauensbildung und Erleichterung der Kaufentscheidung. Der Aufdruck ist für den Anbieter eine teure, aber lohnende Investition.

Bio-Generation [*f*] Geht auch über Leichen, aber ayurvedisch, wegen des besseren Karmas. Ausgependelte Gutmenschen und ökologisch gestählte Bioresonanzkörper schlürfen selbstzufrieden ihr faire Eritrea-Hochlandmischung mit linksdrehender Kaffeesahne, und der gewaltfreie Oberstudienrat fährt seinen SUV-Panzer der oberen Mittelklasse mit Bioethanol zur Waldorfschule. Schöne neue Welt.

Bio-Waffen [*f pl*] Es ist nur eine Frage der Zeit, dann wird auch der Krieg ökologischer. Deutsche Exportschlager sind dann Sprengsäfte aus kontrolliertem Anbau und Pfandminen. Wer drauftritt, kann die Mine abgeben, schon ist die Prothese teilweise refinanziert. Der Begriff Drohne legt heute schon die biologische Schädlingsbekämpfung auf Schlachtfeldern nahe, bei Drohnen handelt es sich um männliche Honigbienen. Eine Kampfdrohne hört auf den Namen Willi. Willi, das war doch der beste Freund von Maja, der anderen Killerbiene.

Blühende Landschaften [*f pl*] Visionäre Beschreibung der ostdeutschen Teilrepubliken. Geht auf Helmut Kohls Interpretation der Nationalhymne zurück: *Blüh im Glanze dieses Glückes.* Kohl war zum Zeitpunkt der Äußerung sehr glücklich und konnte kaum ahnen, was uns da noch alles blüht, aber er hatte nicht ganz unrecht. Viele Oststädte sind wie geleckt, da kannst du von der Straße essen. Einige müssen das auch. Die Landschaft selbst, Felder, Wiesen und Auen, aber auch der längst nicht mehr so saure Wald blühen prächtiger denn je, was wir der De-Industrialisierung, böse Zungen behaupten Demontage, Ostdeutschlands verdanken.

Brain-Trust [*m*] Zusammenschluss menschlicher Gehirne zum Ausklügeln von Problemlösungen (beispielsweise die Wirtschaftsweisen, die Göttinger Sieben oder das Manhattan Project).

Wird in Zukunft durch den Zusammenschluss aller Gehirne (www) abgelöst. Das Gehirn ist ein auslaufendes Speichermedium.

Brüssel Sitz der Europäischen Kommission und Zweitsitz des Europäischen Parlaments. Sicherstes Endlager für politische Restrisiken in Menschengestalt.

BRÜSSEL

„I am glad to be here in this dossier and I am sure the parliament is with me. We have all chances to bring energy on a good way."

Günther Oettinger (CDU) am 14.1.2010 nach seiner Anhörung vor dem EU-Parlament als designierter Energiekommissar.

Bundesrat [*m*] Regional geprägtes Artenschutzprogramm für Parteien, die auf Bundesebene nicht mehr zum Regieren kommen. Ein guter Rat, nicht mal teuer, und er lohnt sich, um der oppositionellen Narkolepsie vorzubeugen.

Bundesregierung [*f*] Merkel plus x. Unsere Regierung tut nicht nichts, sie tut, was sie kann. Das ist einem schon fast zu viel.

Bürokratie [*f*] Höheres Wesen, das letztinstanzlich für alles verantwortlich gemacht wird, was nicht funktioniert. Selbstredend bemüht sich jeder Politiker, die Bürokratie zu bekämpfen, mit Anträgen. Sie ist außerdem das beste Alibi für: gut organisierte Schlamperei, gezielte Verschwendung von Steuergeldern und geflissentlich versehentliches Übersehen einiger Grundrechte.

C

CDU [*f*] Wertkonservative Volkspartei, folgt den fünf Büchern Merkel, aber auch den christlichen Geboten: Du sollst deine Mutti ehren, du sollst keine Angela haben neben mir, du sollst deine Kanzlerin lieben wie dich selbst, du sollst kein falsch Zeugnis nach Hause bringen, du sollst nicht erröten, egal wie schamlos du bist.

Chamäleon-Effekt [*m*] Kunst der Anpassung bis zur Unkenntlichkeit, Grundprinzip der Politik.

Charisma [*n*] Aura, Ausstrahlung, ohne Worte bereits in den Bann ziehend, mit Worten untermalt unwiderstehlich. Bei Obama ging das, aber stellen Sie sich Angela vor, wie sie mit geballten Fäustchen in den Fanblock skandiert:

„Können wir das? Ja, wir können! Warum können wir das? Weil wir das können!“ Wir würden vermuten, Angela sei auf Ecstasy. Den charismatischen Politiker hat uns die deutsche Geschichte versaut, und das ist gut so.

Che Guevara Als Werbeträger erfolgreicher als sein gewaltfreier Gesinnungsgenosse Jesus, dessen Konterfei einem bislang noch nie von Sportgeräten und Erfrischungsgetränken zublinzelte.

CSU [*f*] Kleine Schwester der CDU, trägt am liebsten Dirndl, trinkt viel Bier und ist weniger eine Partei, denn bajuwarisches Brauchtum, weshalb sie oft überirdische Wahlergebnisse erzielt. Die CSU bewegt sich am Rand, aber meist noch innerhalb der FdGO, weshalb ihr kein Verbotsverfahren droht, da Unfähigkeit allein kein hinreichendes Kriterium dafür darstellt. Das ist beruhigend, denn der Unterhaltungswert der CSU ist unbestritten.

D

Das große Ganze [*n*] Zwei Halbe. Aber auch vier Viertele oder eine Maß.

Datenautobahn [*f*] Verkehrsweg ohne Hindernisse, ohne Baustellen und Geschwindigkeitsbegrenzungen, durchweg vierspurig ausgebaut. Aus Gründen der Verkehrssicherheit brauchen wir mehr Geisterfahrer wie Snowden oder den Chaos Computer Club.

Datenschutz [*m*] Ein Begriff aus der Paläontologie der Kommunikationstheorie. Datenschutz ist der Quastenflosser unter den Persönlichkeitsrechten, noch

DATENAUTOBAHN

„Mit einem Chaos-Club rede ich nicht. Ich rede mit Bürgern."

Der damalige Landtagsfraktionsvorsitzende der CSU, Georg Schmid, spottet über seinen CSU-Kollegen Manfred Weber, der als Mitglied der Zukunftskommission seine Absicht kundtat, auch den Gedankenaustausch mit Attac und dem Chaos Computer Club zu suchen. In: taz, 17.02.2010).

lebt das Fossil, aber mittelfristig haben geschützte Daten keine Chance im Kampf ums Dasein. Das ist das Naturgesetz der permanenten Evolution, wir leben in Zeiten des Digital-Darwinismus.

Datensicherheit [*f*] Daten sind vor keinem sicher, dennoch sind sie sicherer als der Tod, denn Daten sterben nicht. Ist die Bit-Spur gelegt, kann dich jeder jederzeit finden, auch lange nach deinem Tod. Wer einmal ein Profil seiner selbst kreiert und der virtuellen Wirklichkeit ausgeliefert hat, geistert als untoter Digi-Zombie auf ewig durch das Netz.

Demo [*f*] Kurzwort für Demonstration, genehmigungspflichtiger Protest. Die Demo ist Ausdruck der Nichtübereinstimmung mit den politischen Zielen der Herrschenden, aber auch eine soziokulturelle Butterfahrt der guten Absicht. Heute weniger die als das Demo, ein Werbevideo.

Demografie [*f*] Problem. Unten kommt nichts, oben geht nix. Die Jungen kommen vor lauter Stress nicht mehr zur Fortpflanzung, die Alten vor lauter

Wellness nicht mehr zum Ableben. Früher sind die Alten gestorben, heute fangen sie ein Studium an.

Demokratie [*f*] Volk mal Wille minus Partei, geteilt durch Kompromiss hoch Sachzwang. Demokratie ist dem Wort

DEMOGRAFIE

„Eine weitere Ursache der Alterung der Bevölkerung ist die Lebensverlängerung durch Verschiebung des Sterbens in ein höheres Alter. Bislang sind für die menschliche Alterung keine biologischen Grenzen erkennbar."

Datenreport 2013. Ein Sozialbericht für die Bundesrepublik Deutschland. Demografischer Wandel: Sterblichkeit und Hochaltrigkeit nach die Herrschaft des Volkes – verlockender Gedanke, aber es sind einfach zu viele. Aus diesem Grund wählt das Volk Vertreter, die mit uns so lange hausieren gehen, bis wir sie uns abkaufen, inklusive dessen, was sie uns das letzte Mal schon andrehen wollten. Gegenüber anderen Herrschaftsformen hat die Demokratie den Vorteil, dass das Volk von seinem Herrscher zurücktreten kann.

Demoskopen [*m pl*] Die einzigen Ratgeber, denen Politiker bedingungslos glauben.

Demoskopie [*f*] Der Versuch, die Wahlen mit Hilfe der Statistik überflüssig zu machen.

Diäten [*f pl*] Gage der Abgeordneten, existiert nur im Plural, denn eine Diät reicht nie, man muss stets mehrere machen, um überhaupt satt zu werden.

Diskussionsbedarf [*m*] Wird dann vorgeschoben, wenn keiner Interesse daran hat, ein Problem zu lösen. Aber es ist gut, dass wir drüber geredet haben.

Doktorarbeit [*f*] Hat ein Politiker promoviert, so ist er zumeist das Opfer seines Steuerberaters, von dem kam der Tipp: „Sei nicht blöd, mach den Doktor, das lohnt sich, das kannst du doch alles abschreiben."

Doppelstaatsbürgerschaft [*f*] Schwierig, aber doppelt hält besser, weshalb wir Doppelhäuser bauen und deren Hälften bewohnen. Die Doppelhaushälfte ist die Hälfte von was Doppeltem, aber dennoch nichts Halbes und nichts Ganzes. Vielleicht sollten wir es mit Doppel-

Doktorarbeit

staatsbürgerschaftshälften probieren, die Deuken und die Türtschen. Bedenken Sie, dass erst der Personalausweis jene Staatsbürger schafft, die wir dringend brauchen, nicht nur im Fußball.

E

Ehrenwort [*n*] Unabdingbarer Selbsterhaltungsreflex verdienter Politiker. Politisch für schamlose Lüge. Das Ehrenwort eines Politikers führt zum Vorruhestand oder in die Badewanne.

Einschaltquote [*f*] Diktatur des Proletariats reloaded. Seit es Privatfernsehen gibt, wissen wir, was Volksherrschaft wirklich bedeutet.

Elefantenrunde [*f*] Gemütliches Beisammensein von Spitzenpolitikern nach der

Wahl, wobei die Elefanten, wie bei jeder guten Dressur, immer die gleichen erlernten stereotypen Drehungen und Wendungen präsentieren. Tanzt einer aus der Reihe, etwa weil er betrunken ist, so erhöht das den Unterhaltungs-, jedoch nie den Nährwert einer solchen Darbietung.

Elite *[f]* Sie! Sie lesen ein Buch, ein schmales, aber immerhin. Gehen Sie zum Spiegel, gucken Sie rein. So sieht Elite in Deutschland aus, das ist bitter, aber kaum zu ändern.

Endlager *[n]* Der Begriff lässt einiges offen, etwa das Ende selbst.

Energieriesen *[m pl]* Krankhafter Riesenwuchs von Energieversorgern, ausgelöst durch die Ausschüttung der Wirtschafts-Wachstumshormone: Zentralin,

ENDLAGER

„Dort [in Finnland] wird der Atommüll wie in einer begehbaren Tiefgarage eingelagert. Das hätte den großen Vorteil, dass unsere Enkel vielleicht bessere Ideen zur Endlagerung haben und man darauf reagieren kann."

EU-Energiekommissar Günther Oettinger (CDU) sagte den Stuttgarter Nachrichten am 3.7.2013, dass er es nicht für sinnvoll halte, Atommüll in Salzstöcken wie in Gorleben zu lagern, weil dort der Atommüll zuwachse und damit unzugänglich sei.

Monopoleron, Renditol und Dividendan. Der Krankheitsverlauf ist disproportioniert, es kommt zu erhöhtem Aggressionsverhalten, Diskalkulation und Desorientiertheit. Typisch für den Patienten ist, dass er sich für den Arzt hält. Mittelfristig führt die Krankheit zu neurologischen Ausfällen des Konzerns und mündet in geistige Umnachtung.

Energiewende [*f*] Freundliche Absichtserklärung der Bundesregierung, scheitert noch an den wirtschaftspolitischen Entscheidungsträgern RWE, Vattenfall, EnBW und e.on.

Enquete-Kommission [*f*] Fraktionsübergreifende, grundwerteorientierte Arbeitsgruppe zur Harmonisierung gravierender gesellschaftlicher Umgestaltungsprozesse. Die Enquete-Kommission ist das Öl im Getriebe der Gesellschaft, das wir durch Sand viel leistungsfähiger machen – und spannender.

ENERGIEWENDE

„Dass der Bundesverband der deutschen Energie jüngst wiederholt gegen die Erneuerbaren gewettert hat, ist klar strukturkonservativ. Die dortigen Verbandsfunktionäre stecken noch voll in den Denkstrukturen der alten Industriewelt. Groß und zentral müssen Kraftwerke sein, dann gelten sie etwas. Erneuerbare Energien und ihre Steuerungstechnologie, das Internet, sind zwar weltweit vernetzt, aber dezentral und kleinteilig."

Josef Göppel (CSU), MdB, Interview mit dem magazin „neue energie", 10.01.2014

Entschlossenheit [*f*] Abstrakt formulierter Aktivismus politischer Willensträger, möglicherweise tatsächlich irgendetwas für oder gegen etwas zu unternehmen.

EU [*f*] Internationaler Bund sich gegenseitig hassender Länder zur ökonomischen Nutznießung nationaler Interessen. Die EU ist eine Problemzone, aber wir machen ja Gymnastik. Problemzonengymnastik: mit Step-Aerobic und Sit-ups gegen Steuerflucht, Geldwäsche und Standard & Poor's. Das ist Englisch und heißt: Standardisiert die Armut oder so. Die EU ist eine Glaubensfrage, aber eine ökonomische.

Europäische Finanzstabilisierungsfazilität (EFSF) [*f*] 750 000 000 000 € teure Therapie zur psychologischen Konsolidierung der europäischen Finanzwirtschaft. Fazilität (lat. Leichtigkeit) meint die Leichtigkeit, mit der die Banken von dieser Stabilisierung der ökonomischen Psyche profitieren. Ihr Werkmaterial (Geld) verbilligt sich drastisch. Wer für Holz nichts mehr bezahlen muss, kann natürlich ungleich günstiger Holzmöbel produzieren als der Tischler, der neben seiner Arbeitszeit auch noch Materialkosten berechnen muss. Das wäre bei Bankern viel zu teuer, dass die für das Material, das sie benutzen, auch noch etwas bezahlen müssten.

Europäischer Stabilitätsmechanismus (ESM) [*m*] Ist es sinnvoll, jemandem, der dir seit zehn Jahren 100 € schuldet, noch mal 100 € zu leihen, damit er einen Teil seiner Schulden bei dir bezahlen kann und dann immer noch nichts hat außer noch mehr Schulden, weshalb bei Oddset 1000 € auf den Tod des Schuldners gewettet werden, dessen verpfändete Lebensversicherung im Derivatenhandel bereits Preise erzielt, die weit über der erwarteten Ausschüttung liegen? Ja. Wirtschaftlich schon.

Expertenkommission [*f*] Gruppe von Spezialisten, die in Krisensituationen eine adäquate Lösung finden soll. Deutsche Experten sind sehr spezialisiert und deshalb enorm konsequent, die würden nie eine Theorie aufgeben, bloß weil sie falsch ist.

F

Facebook Soziales Netzwerk zur Kontaktpflege in der Anonymität der totalen Öffentlichkeit, digitales Jugendzentrum, virtuelle Stammkneipe, zeitgemäßes Seniorenwohnheim und nach Obamas Wahlsieg auch ein beliebtes Mittel

ExpertenKommission

zur Verbreitung sinnfreier politischer Parolen und Parteiprogramme. Bevorzugter Kommunikationsraum aller, generationsübergreifend und überhaupt übergriffig.

Familienbild [*n*] Macht der Fotograf, aber auch der Politiker macht sich eins. Das wertkonservative Familienbild beschrieb Helmut Kohl in dem unvergessenen Satz: „Wer ja sagt zur Familie, muss auch ja sagen zur Frau." Keimzelle der Familie ist die Ehe, die Ehe ist heilig, wie jedes Martyrium, und hat noch andere Vorteile, nicht nur steuerliche. Wen willst du allein für dein Elend verantwortlich machen? Dich selbst? Soweit kommt's noch. Zu zweit ist Einsamkeit einfach viel besser organisiert.

Familienfreundliche Politik [*f*] Besonders in Bayern beliebt, wenn es um die eigene Familie geht. Da ist die Welt noch in Ordnung und die Familie intakt.

Familienpolitik [*f*] Überhöhung einer veralteten Daseinsform. Stellt die wirtschaftliche Relevanz zwischenmenschlicher Koexistenz über das Prinzip emotionaler Freiwilligkeit, besser bekannt unter den Begriffen Liebe und Freund-

FAMILIENFREUNDL. POLITIK

„Sie war praktisch nicht nur Sekretärin, sondern Assistentin, die ganze Woche verfügbar, auch am Sonntag".

Georg Schmid (CSU) rechtfertigt im April 2013 in der Verwandtenaffäre des bayerischen Landtags das Entgelt seiner Ehefrau, die er 23 Jahre lang für bis zu 5000 € monatlich beschäftigt hatte.

schaft. Führt zur Diskriminierung der Wahl-Verwandtschaft. Wer Familie über andere Lebensmodelle stellt, orientiert sich ethisch eher am feudalistischen Gottesgnadentum denn am demokratischen Pluralismus.

Fauler Kredit [*m*] Wenn ein Kredit faul ist, wird er nicht von heut auf morgen fleißig. Der bleibt faul, auch wenn er zur charakterlichen Umerziehung in eine Bad Bank umzieht. Schuld an faulen Krediten sind faule Banker. Diese Banker müssen wir uns kaufen und als Bad Banker bunkern, das muss kein schlechtes Geschäft sein, vielleicht kommt mal ein Investor, der dringend faule Banker sucht, um durch eine Finanzkrise wieder Fuß zu fassen. Chinesen mögen faule Eier und essen die auch, aber wer isst faule Kredite? Wenn einer zum Metzger geht und sagt: „Ich hätte gern 2 Kilo

Gammelfleisch, aber etikettieren sie es um, es ist für meine Frau.“ Da sollten Sie Verdacht schöpfen.

Faultier-Kapitalismus [*m*] Wär gesünder als der Raubtier-Kapitalismus. Das Faultier hängt fast pausenlos ab, einmal pro Woche kommt es vom Baum und macht ein Geschäft, das reicht. Das ist genügsam und alles andere als gierig.

FDP [*f*] Trat mit dem Slogan an: *Leistung muss sich wieder lohnen*. Da hat sich der Wähler gedacht, richtig, und die Leistung der FDP angemessen honoriert. Dennoch gibt die FDP die Hoffnung auf Wiederbelebung nicht auf und das nach vier Jahren Hirnstillstand. Das ist Optimismus, also Mangel an Selbstreflexion und Urteilskraft. Klar, die Hoffnung stirbt zuletzt, aber wer einen Sarg schleppt, ist kein Hoffnungsträger. Wer den Sarg der FDP trägt, ist nicht mal ein Leistungsträger. Da ist ja nichts drin.

Filz [*m*] Ohne Filz keine Laus. Wer ist der Filz? Wir. Wir sind der Nährboden, auf der die Laus gedeiht. Noch nie Schwarzgeld gemacht? Nie jemanden schwarz entlohnt? Noch nie die Steuer behumst oder es zumindest versucht? Keiner? Das ist statistisch gar nicht möglich und praktisch erst recht nicht, oder kennen Sie einen Babysitter, der ein Gewerbe angemeldet hat?

Finanzierungsvorbehalt [*m*] Verspricht eine Partei 364 bezahlte Urlaubstage im Jahr, kostenlose medizinische Versorgung, die Abschaffung der Einkommenssteuer und darüber hinaus Ferraris, Fernreisen, Freibier und KITA-Plätze für alle und tut sie das unter Finanzierungsvorbehalt, so mögen wir das für

FINANZIERUNGSVORBEHALT

„Was wir in unserem Wahlprogramm versprechen, steht unter einem Finanzierungsvorbehalt.“

Volker Kauder (CDU), mitten im Wahlkampf 2013, gegenüber der Rhein-Neckar-Zeitung auf die Frage nach der Finanzierbarkeit der teuren Wahlversprechen.

unglaubwürdig halten, aber prinzipiell macht sie auch nichts anderes als die Regierungsparteien.

Finanzsystem [*n*] Ein System, das selbst seine Systematiker nicht verstehen. Das macht es so unfehlbar.

Fiskalunion [*f*] Bündnis von Kommunen, Ländern oder Staaten zur Vereinheitlichung ihrer Finanzpolitik, was daran scheitert, dass die Vereinten nur ihre Unvereinbarkeit vereint. Die Fiskalunion ist ein Mittel zur Regulierung der Kapitalflüsse, würde sich das Kapital daran halten. Das tut's aber nicht, weil Geld seine ganz eigenen Wege sucht, es versickert, verdunstet, friert ein, überschwemmt, sprudelt, manchmal regnet es auch Geld, zumeist verschwindet es plötzlich und fließt durch unterirdische Kanäle weiter.

Föderalismus [*m*] Gegenteil von Zentralismus, Teil des Prinzips der verschränkten Gewaltenteilung, das die hoheitlichen Aufgaben zwischen Bundesstaat und Bundesland aufteilt. Trotz des Länderfinanzausgleichs konnte die Balkanisierung Deutschlands bislang vermieden werden. Das spricht für Deutschland.

Fraktionszwang [*m*] Verharmlosend auch Fraktionsdisziplin genannt. Illegales Betäubungsmittel zur hypnotischen Anästhesie freidenkender Fraktionsmitglieder. Seine Verabreichung führt zu Pawlow'schem Abstimmungsverhalten. Schlägt es nicht an, wird der Abgeordnete in eine Fraktionszwangsjacke gesteckt und unauffällig entsorgt.

Frauenbeauftragter [*m*] Das geht schon lang nicht mehr, Frauen beauftragen – sie machen, was sie wollen.

Freier Wille [*m*] Die Summe aller Sachzwänge nach Abzug aller Verpflichtungen.

Freiheit [*f*] Freiheit ist immer die Freiheit des Andersdenkenden (Rosa Luxemburg), auch wenn er ganz anders denkt.

Frauenbeauftragter

Was denken Sie? Anders? Dann sind Sie frei, wenn man sie lässt.

Freisetzung von Arbeitskräften [*f*] Auswilderung von Mitarbeitern. Was sich im Zoo bereits schwierig gestaltet, ist bei Menschen noch komplizierter, zumal der menschlichen Nahrungssuche außerhalb der Berufstätigkeit Grenzen gesetzt sind, nicht zuletzt durch § 292 StGB, Jagdwilderei.

Friedensmission [*f*] Die Friedensmission ist die oft völkerrechtswidrige Herbeiführung des Friedens mit aller Gewalt.

G

GAU [*m*] Größter Anzunehmender Unfall in einem Reaktor, der im Prinzip nie passieren kann. Ein Super-GAU passiert im Prinzip noch seltener als nie, so wie in Fukushima oder in Tschernobyl.

Gefühlte Inflation [*f*] Dieses Gefühl trügt uns nie.

Geheimdienste [*m pl*] Sind streng geheim, denn sie wissen nicht, was die tun. Manchmal wissen sie auch nicht, was sie tun sollen, dann gehen sie mit anderen Geheimdiensten Kaffee trinken und überlegen sich, welche Geheimnisse man mal so ausplaudern oder lüften könnte. Am geheimsten sind natürlich die Geheimdienste, von denen wir annehmen, dass es sie gar nicht gibt.

Geistig-moralische Wende [*f*] Da warten wir alle schon immer drauf und jeder anders. Die Zeugen Jehovas träumen von einer anderen moralischen Wende als etwa Veganer, Linkspartei oder

Amnesty International. Amnesty hofft auf eine zweite Aufklärung, die erste ist eine Weile her und bedarf der Nachbesserung, zumal Aufklärung des Öfteren fehlgedeutet wird, etwa als Sexualkundeunterricht.

Gen-Food [*n*] Wer nicht bereit ist, sich von Steinen zu ernähren, kommt nicht dran vorbei, Gene zu essen. Ob die Gene, die wir verzehren, aber auch die sind, die zur verzehrten Nahrung gehören, darauf könnten wir Einfluss nehmen. Gerade Pflanzen ist nicht zu trauen, sie lassen sich leicht manipulieren. Eine Hollandtomate hält länger als der Holländer selbst, und Wirsing macht einen wirren Eindruck, als hätte ihn Klaus Kinski gedüngt. Wer sein Frühstücksei köpft, muss damit rechnen, auf einen weich gekochten Maiskolben zu stoßen. Was das für Folgen hat, ist vollkommen ungewiss. Gewiss hingegen ist, dass sich die Evolution hinlänglich bewährt hat, und die macht auch nichts anderes, als unentwegt Mutanten zu testen, lässt sich dafür aber wesentlich mehr Zeit.

Geschlossenheit [*f*] Spricht der Sprecher einer Partei oder eines politischen Bündnisses von Geschlossenheit, so stehen diese bestenfalls vor einer Zerreißprobe.

Gestaltungsspielraum [*m*] Begriff, der im Zusammenhang mit „begrenzt“ benutzt wird, hin und wieder auch mit „offen“, was tendenziell das gleiche bedeutet, nämlich: Fatalismus. Dieser Spielraum ist kein Bällebad und erst recht kein weitläufiger Vergnügungspark, sondern meist eine fensterlose, verschlossene, einfarbige Gummizelle mit perfekter Dämmung.

Gesundheitsfonds [*m*] Quatsch, es geht um Krankheiten, kein Mensch muss dafür bezahlen, dass er gesund ist, außer mit seinem Leben, wenn es soweit ist. Sterben ist kein schöner Tod, bleibt aber noch keinem erspart. Um es hinauszuzögern, bezahlen wir in einen Fonds (Eintopf), aus dem die gesetzlichen Krankenkassen bezahlt werden, die sich dann für die Erhöhung unserer Lebenserwartung einsetzen sollen, an der sie gar kein Interesse haben.

Gesundheitsoffensive [*f*] Interessanter Versuch, den Volkskrankheiten durch griffige Parolen Einhalt zu gebieten, besonders hübsch: *Diabetes ist kein Zuckerschlecken*. Das ist konkrete Poesie.

Gewerkschaft [*f*] Arbeitnehmerorganisation mit viel Tradition und noch mehr Funktionären. Sie kümmert sich um die

Arbeitsplätze jener, die Arbeit haben, verlieren sie diese, werden sie für Gewerkschaften uninteressant, weil sie keine Beiträge mehr bezahlen können. Ist die Auftragslage nach einem Hoch mal wieder mau, ermutigt das Unternehmen die Gewerkschaft zum Streik, um die Lohnkosten zu sparen und den Betrieb mit Hilfe der ausgeschütteten Streikgelder erfolgreich durch die Krise zu führen, ohne selbst zur Kasse gebeten zu werden.

Gewissensfreiheit [*f*] Das Gewissen ist frei – sich für alles schämen zu dürfen, was der Träger des Gewissens aus gewissen Gründen nicht anders entscheiden zu können glaubte. Jeder Politiker ist frei, sich gegen sein Gewissen entscheiden zu dürfen, wenn es der Sache dient. Gerät er danach unter öffentlichen Druck, verspürt er zumeist ein Gewissensbisschen, das er, wo immer sich ihm Gelegenheit dazu bietet, zur Reue aufbläht, um sich danach wieder schweren Herzens gegen sein Gewissen, aber für seinen persönlichen Vorteil entscheiden zu müssen.

Globalisierung [*f*] Weltumfassendes System zur optimalen Ausbeutung der Erde. Diese ist Austragungsort der Globalisierung, ein gigantisches Rohstofflager, unerschöpfliches Reservoir billiger Arbeitskräfte und unser Lebensraum. Letzteres wird häufig übersehen.

Gorleben Problemlösungsstrategie für ein Problem, das keine Problemlösung vorsieht.

Griechenlandrettung [*f*] Prima, für uns, für die Griechen nicht. Den Griechen ist mit dem Euro so geholfen wie einem

MS EUROPA
Griechenlandrettung

Dehydrierten mit Doppelkorn. Wer flößt einem Verdurstenden erstmal eine Flasche Ouzo ein? Wer wirft einem Schiffbrüchigen eine Bleiweste zu und ruft: „Halte Dich schön fest, das geht schon gut“? Wir.

GroKo [*f*] Neudeutsche Abkürzung für Große Koalition. Noch ist die Rede von Vernunftehe. Das einzig Vernünftige an dieser Ehe ist aber, dass sie auf vier Jahre beschränkt ist. In Zeiten serieller Monogamie ein vernünftiger beziehungstheoretischer Ansatz, darüber hinaus bleibt Vernunftehe ein Widerspruch in sich wie Wertpapier oder Urlaub mit Kindern.

Großbauprojekte [*n pl*] Sind diese der Hybris eines Politikers nach Unsterblichkeit geschuldet, führen sie zu Autobahnen ohne Zufahrt, Brücken ohne

Tal, Flughäfen ohne Passagiere oder Philharmonien ohne Philharmonie, weil dafür dann das Geld fehlt. Biswei-

GROSSBAUPROJEKTE

„Das ist ja auch das Schöne: die Welt entwickelt sich weiter. Das Konzept, was es für die Elbphilharmonie 2008 gab, das wird jetzt anders aussehen im Jahr 2014 oder 2015. Wir haben Ideen gewälzt, aber was es sein wird, bleibt noch lange erstens in Diskussion und zweitens dann wahrscheinlich ein Geheimnis."

Christoph Lieben-Seutter, seit 2006 Generalintendant der nicht existierenden Elbphilharmonie in Hamburg. In: „Ein Fass ohne Boden – aber mit Orchester" von Verna Herb. Deutschlandradio, 31.3.2012.

len sind solche Projekte aber sinnvoll, weil sie der Sicherung des Industriestandorts Deutschland dienen: der Transrapid oder der Stuttgarter Bahnhof. Fast pünktlich, am 24.12.2038 geht Stuttgart 21 ans Netz, einspurig, aber immerhin; ein wenig teurer als geplant, da Teile der Stadt umgesiedelt werden mussten. Um genau zu sein, Stuttgart liegt jetzt da, wo früher Pforzheim stand, jenes Pforzheim, das sich jetzt in Karlsruhe befindet, das in Mannheim wieder aufgebaut werden soll, weil da der Bahnhof heut schon fertig ist. Mannheim selbst wird im Bodensee verklappt, wegen der Sänger, da musste was geschehen.

Grundsatzrede [*f*] Diese Rede folgt dem rhetorischen Grundsatz: „Wie soll ich ahnen, was ich denke, wenn ich gar nicht höre, was ich meine.“

Grünen, die 1980 in Karlsruhe im Zeichen der Sonnenblume geborene, kraftvolle Rankpflanze zur vitalen Begrünung deutscher Betonköpfe, heute eine Avocado im achten Monat Fensterbrett. Die Grünen, das waren engagierte, kritische Individualisten, die später alle unter dem Namen Joschka Fischer bekannt wurden, aber die sind inzwischen auch politisch tot und heißen alle Claudia Roth.

Gutachten [*n*] Nix gegen Fälschungen, solange sie echt sind.

H

Haircut [*m*] Wörtlich: Haarschnitt. Finanzdeutsch für Kurzhaarfrisur, für den radikalen Schnitt, die Glatze. Funktioniert ökonomisch nach dem Prinzip des Pfänderspiels, wobei der Pfänder dem Pfandgeber die Spielregeln diktiert. Wer eine griechische Schuldverschreibung im Wert von 100 € verpfändet, bekommt dafür 1 €, will er sie wiederhaben, muss er 100 € bezahlen, plus Gebühren, was kein Kahlgeschorener tut. Schon Münchhausen hatte es schwer, sich am eigenen Schopf aus dem Sumpf zu ziehen, aber probieren Sie das mal mit einer Glatze. Der Pfandgeber säuft ab, bevor er sein Pfand wieder hat. Das ist für den Pfandnehmer ein lukratives Geschäft mit viel Fantasie.

Hammelsprung [*m*] Institutionalisierung eines populären demokratischen Grundprinzips, der Abstimmung mit den Füßen. Dabei werden die Abgeordneten des Plenarsaals verwiesen, um kurz darauf wieder einzutreten durch eine von drei heiligen Pforten, die für

Ja, Nein oder Enthaltung stehen. Wer selbst nicht in der Lage ist, so eine klare Entscheidung zu treffen, sucht seinen Leithammel und latscht hinterher. Es ist nicht vorgeschrieben, dass er dabei laut „mäh“ ruft, aber es kann nichts schaden.

Handlungsbedarf [*m*] Gibt's, bedarf aber der Handlung, denn es gibt nichts Gutes, außer man tut es. Das ist leichter gesagt als getan, weshalb der Handlungsbedarf sich um seine berufliche Zukunft keine Sorgen machen muss.

Hartz IV [*n*] Ist erst der Anfang, führt mittelfristig über Hartz 67 (noch genannt „Rente“) zu den Körperwelten, das ist auch Hartz, im Endstadium.

Hausbesetzung [*f*] Früher autonome Jugendbewegung, heute Ausdruck jugendlicher Bewegungslosigkeit. Häuslebauer wird am Ende jeder gute Deutsche, und ein Immobiliengeschäft ist schließlich auch Häuserkampf.

Haushaltsdefizit [*n*] Stellt sich ein, wenn Sie mit Hilfe des Kreditinstitutes Ihres Vertrauens stets mehr Geld ausgeben, als Ihnen zur Verfügung steht. Im richtigen Leben steht dann der Gerichtsvollzieher vor der Tür, im politischen der Schuldenbremser, theoretisch. Praktisch wird ein Antrag auf Lockerung der Schuldenbremse, auf Neuverschuldung und auf Nachbesserung des offenbar mangelhaften Haushaltsentwurfs gestellt, dem notwendigerweise immer stattgegeben werden muss.

Heißes Geld [*n*] Zahlungsmittel mit leicht erhöhter Körpertemperatur.

Das kriegen Sie auch hin. Sie gehen zu Ihrer Hausbank und leihen sich fürs Erste 100 Millionen Euro für etwa 3 %, dann bringen Sie das Geld in die Mongolei, da bekommen sie dafür 5 %. Abzüglich der Provisionen machen Sie da 1 Million Euro cash im Jahr, mit Geld, das Ihnen erstens gar nicht gehört und das es zweitens gar nicht gibt. Das Geld ist fiktiv, aber die Zinsen sind real, super Geschäft, solange nix anbrennt. Also: Wenn der Zins im heimischen Keller ist, soll er ein paar Flaschen Bier mit hochbringen, aber wenn die Zinsen daheim steigen, während das Geld, das Sie gar nicht haben, noch auf Arbeit ist, dann verbrennt das Geld – und Sie gleich mit. Dieser Akt der Selbstverbrennung nennt sich Carry Trade. Warum sich das Carry Trade nennt? Warum nicht? Klingt doch hübsch.

Hessische Verhältnisse [*n pl*] Umschreibung für Unregierbarkeit. Nach jeder Wahl verliert der Hesse seine Beherrschung. In Hessen gibt's viele Minderheiten, aber prinzipiell nie eine Mehrheit und deshalb oft monatelang keine Regierung, aber das macht nix, es ist noch nie einem aufgefallen, dass er nicht regiert wird, schon gar nicht negativ.

Heuschrecken [*f pl*] Je mehr Heu, desto Schrecken.

Hinterbänkler [*m pl*] Dienen dazu, den Plenarsaal zu füllen, damit das Theater nicht so leer wirkt. Das Selbstbewusstsein des Hinterbänklers muss viel aushalten, wenn er eins hätte. Wenn einer gähnt, hat er das Gefühl, belauscht zu werden. Ganz von der Hand zu weisen ist der Verdacht nie.

I

Idealismus [*m*] Schwer, sich den zu bewahren, das ist wie mit der großen Liebe. Es ist aufregend, einem Ideal oder einer Frau hinterherzulaufen, gefährlich wird es erst, wenn du sie eingeholt hast. Wer sein Ideal ein- oder ganz und gar überholt hat, ist beispielsweise Mitglied bei den Grünen. Sozialdemokraten haben dieses Problem schon ein paar Jahrzehnte länger. Idealistische Wähler sind sympathisch, aber naiv und ein wenig irrational. Sie kennen die Parteien doch, dennoch erwarten sie was von Politikern. Das ist nicht sehr vernünftig.

Ideologie [*f*] Idealismus ist Russisches Roulette, aber Ideologie, das ist Russisches Roulette mit vollem Magazin, da brauchst du schon verdammt viel Glück.

Illegale [*m pl*] Menschen, die sich verbotenerweise auf der Welt aufhalten, Daseinsirrtümler, bei denen sich die Eltern bei der Zeugung irgendwie vertan haben.

Imperatives Mandat [*n*] Gegensatz zum freien Mandat. Bindet den Abgeordneten an den Wählerwillen oder an die Weisungen seiner Partei bzw. Fraktion. Gibt's in Deutschland laut Grundgesetz nicht (Art. 38, Abs. 1), und wenn doch, dann nur, weil es angeordnet wurde.

Inflation [*f*] Erst schleichende, dann galoppierende Entwertung der bestehenden Werte. Sie gipfelt in einem Zuviel an Nichts, weshalb sie viele Menschen ängstigt. Dabei ist Inflation das einzig probate Mittel für die Umverteilung des Kapitals, zumindest für die unteren 97 Prozent.

Informationsfreiheit [*f*] Gesellschaftspolitischer Auftrag unabhängiger Medien. Durchaus wörtlich zu nehmen. Fast alle Talkshows sind absolut frei von Information.

Informationsgesellschaft [*f*] Weiß über alles Bescheid, das nicht von Belang ist. Wir verbrauchen Information wie das Auto Benzin, mit dem Unterschied, dass uns Benzinverbrauch weiter bringt.

Inhalte [*m pl*] Mit politischen Inhalten verhält es sich wie mit allen Inhalten. Wo grün-rot-schwarz-gelb-ganz-rot draufsteht, muss das nicht zwangsläufig auch drin sein. Bei vielen Lebensmitteln hat die Verpackung mehr Leben als das Mittel. Wer da scharf auf Inhaltsstoffe ist, der muss die Verpackung essen. So ist das bei Parteien häufig auch.

Informationsfreiheit
LE MONDE
TIMES

Integrationsverweigerer [*m pl*] Damit sind nicht die Bayern gemeint, sondern Einwanderer muslimischen Glaubens, wobei unklar ist, ob diese sich der oder wir ihnen diese verweigern.

Intelligente Waffen [*f pl*] Machen Hoffnung auf Weltfrieden. Wenn ein aufgewecktes Sprengköpfchen sein Bewusstsein erweitert, wenn der Sprengkopf anfängt, über den Tod nachzudenken, über seinen eigenen, dann wird er zum Blindgänger. Wenn die Waffen irgendwann so schlau sind, dass Krieg auf Arte übertragen werden muss, dann sinkt die Quote und dann ist Frieden.

Interessenvertreter [*m*] Hat selbst kein Interesse, das er vertritt, er geht mit den Interessen seines Auftraggebers hausieren. Einerseits wird er dafür bezahlt, dass er uns Interessen ver-

INTEGRATIONSVERWEIGERER

Frage: Wie hoch schätzt die Bundesregierung … die Zahl … derjenigen, die einer Verpflichtung zur Integrationskursteilnahme aus vorwerfbaren Gründen nicht nachkommen …? Antwort: Die Länderumfrage hat ergeben, dass die Ausländerbehörden ganz überwiegend keine Arbeitsstatistiken zu der Anzahl der Integrationskursverpflichteten, den Verstößen gegen die Teilnahmepflicht oder deren Sanktionierung führen. Konkrete Zahlenangaben sind daher nicht möglich.

Antwort der Bundesregierung auf die Kleine Anfrage „Die Konstruktion sogenannter Integrationsverweigerung“, Drucksache 17/4798/17. Wahlperiode, 17.02.2011.

kauft, andererseits ist er bereit, dafür zu bezahlen, dass ihm die richtigen Leute seine Interessen abkaufen.

J / K

Ja [*n*] Ausdruck der Zustimmung. Größte Blüte (Stilblüte) unter Helmut Kohl: „Ich bejahe diese Frage rundherum mit ja." Kohl kreierte damit ein neues Stilmittel, den Platitotes, die doppelte Bejahung.

Job-Center [*n*] Exekutivbüro der Agentur für Arbeit, früher Arbeitsamt. Rhetorisches Problem, denn beide Begriffe, alt und neu, sind ein Widerspruch in sich wie Bankenaufsicht oder Ost-Westfalen.

Kapitalflucht [*f*] Doppelt gemoppelt. Geld ist stets flüchtig, das Kapital immer auf der Flucht vor seinen Häschern. Ein jeder muss seinem Geld hinterherlaufen, aber Geld ist immer schneller als wir.

Kapitalismus [*m*] Keine Regierungsform, sondern Ausdruck der menschlichen Unzulänglichkeit. Der Kapitalismus folgt dem Gesetz des Mehrwerts und des damit verbundenen Mehrwertgefühls. Es ist die Tyrannei des Unbeherrschbaren durch den Unbeherrschten. Wie fies Kapitalismus ist, merkst du erst, wenn du Geld hast, da ist es zu spät, um dagegen zu sein. Da musst du mitmachen im Schweinesystem, sonst macht dich das System zur Sau, das empfiehlt jeder sach- und aktenkundige Bewährungshelfer, äh, Steuerberater.

Kartellamt [*n*] Behörde zur Überwachung des Marktes, deren vordringlichste Aufgabe es ist, den Wettbewerb zu schützen, Preisabsprachen zu verhindern, Monopolisierung zu unterbinden und die Macht der Konzerne zu beschränken – weshalb die Commerzbank nicht die Dresdner, die Deutsche nicht die Postbank und Vodafone nicht Mannesmann schlucken durfte. Die Macht des Kartellamts ist groß, aber was dabei rauskommt, ist wie Stummfilm gucken ohne Bild.

KfW [*f*] Kreditanstalt für Wiederaufbau, steht auch für Kreditanstalt freies Wochenende, ein solches nahm sich die KfW vom 13. bis 15.9. 2008. Da war nur noch ein Banker in Betrieb, der Computer, der überwies Montagfrüh einen beträchtlichen Betrag an die Lehmann-Brüder, die zu dem Zeitpunkt längst insolvent waren. Das wussten am Sonntag schon alle, außer den Top-Managern der KfW, die hatten frei. Das Wochenende ist heilig, das braucht der Banker, um sich von seiner enormen Verantwortung zu erholen. Toll, da überwiesen die Geld an eine Bank, die es gar nicht mehr gab; das ist so, als würde der Arzt seine Patienten an den Friedhof überweisen. Das ist mit dem Begriff Kunstfehler nur unzulänglich umschrieben. Unser Geld hingegen wär gesundheitlich besser dran, würden wir es vergraben.

Kirchensteuer [*f*] Passt nicht zur Trennung von Staat und Kirche, aber ohne Erlös kein Erlöser. Vorsicht: Es gibt heute verdammt wenig Gott fürs Geld, aber umso stilvollere Bischofssitze.

Klimakonferenz [*f*] Immer ein Erfolg. Noch brennt es an allen Ecken und Enden, aber der Anteil der Brandbeschleuniger im Löschwasser soll drastisch reduziert werden, um 1,4 % bis zum Jahr 2028, wenn das technisch möglich ist. Es gibt nur einige Ausnahmen, China, Indien und einige Zwergstaaten wie Kanada oder die USA, aber dafür hat Frankfurt bereits eine Umweltzone und Baden-Württemberg einen grünen Ministerpräsidenten.

Klimaschutz [*m*] Prima Geschäftsidee, machte ein lästiges Nebenprodukt zum Kassenschlager: CO_2. Wer zu viel davon herstellt, kann sich bei denen, die zu wenig davon produzieren, Verschmutzungsrechte kaufen, um das Klima zu schützen. Der Emissionshandel ist eine Nische für alle Gewerbetreibenden, die bislang nie daran gedacht hatten, Schadstoffe zu produzieren. Die dreckfreien Rauminhalte der Atmosphäre können so sinnvoll von anderen Firmen, Kom-

Klimaschutz

munen oder Ländern genutzt werden, um sie mit der nötigen Emission aufzufüllen.

Klimawandel [*m*] Künstlich induziertes Klimakterium der Erdgeschichte, geht mit Hitzewallungen, Frösteln, Schweißausbrüchen und schlechten Launen der Natur einher.

Koalitionsvertrag [*m*] Braucht eine Partei, wenn sie nach einer verlorenen Wahl dennoch regieren will. Vertragen tun sich die Koalitionspartner trotz ihres Vertrags selten. Zumeist ist das wie ein Ehevertrag ungleicher Partner, der schwächere bleibt auf der Strecke. Bei der GroKo können wir zuversichtlich sein, die wird schon schiefgehen, solange alle Entscheidungen gemeinsam von Angela gefällt werden.

Kollateralschaden [*m*] Im Irakkrieg starben schätzungsweise 120 000 Zivilisten, etwa 7000 durch Terror, der Rest aus Versehen (www.iraq bodycount.org). Für derart hässliche Versehen gibt es schöne Begriffe wie Kollateralschaden, aber auch: Freundliches Feuer oder shit happens.

Korruption [*f*] Bewährtes Mittel zur Anbahnung von Geschäftsabschlüssen zum beiderseitigen Nutzen. Wird aus Gründen der Wettbewerbsfähigkeit hoffentlich bald legalisiert. Das Gesetz würde nichts ändern, aber es höbe die Stimmung. Bislang wurden deutsche Politiker natürlich allenfalls aus Versehen korrupt: „Oh, das ist also Korruption, ich habe immer gedacht, das sei Klüngel, ein Geschenk oder eine anonyme Erbschaft, aber Korruption, sieh einer an?“

Krieg [*m*] Wird nur geführt, damit er nicht stattfindet, wenn doch, dann ausnahmslos für den guten Zweck.

Kritikfähigkeit [*f*] Politiker tun sich schwer mit ihren Fehlern, deshalb machen sie auch keine.

L

Leerverkauf [*m*] Einen Leerverkauf, auch *short-selling* genannt, müssen Sie sich vorstellen wie Organhandel mit einem Spender ohne Ausweis, der noch lebt. Sehr riskant.

Leiharbeiter [*m*] Neun von zehn Leihwagen sind scheckheftgepflegt, davon kann der Leiharbeiter nur träumen, weil er keinem gehört, außer sich selbst. Leiharbeiter leben oft zu zwölft in einer 12 m² großen Ruhephasenverrichtungsbox. Wer als Leih- und Fremdarbeiter in einem Lager des Versandhandels arbeitet, hält ein Dixie-Klo für eine Juniorsuite. Ein Biohuhn hat mehr Platz, aber das muss auch Bioeier legen, das wird vom Leiharbeiter gar nicht verlangt. Da sehnt man sich zurück nach der Sklavenhaltung, aus Gründen der Humanität. Eigentum ist geschützt. Das ist ein „Supergrundrecht" (Hans-Peter Friedrich). Der Sklave ist ein kostbarer Besitz – wie der PKW. Ein PKW hat in Deutschland nichts zu befürchten, er ist versichert und bewohnt oft ganz alleine eine eigene Garage.

Leihstimmen [*f pl*] Da wird am falschen Ende gespart, besser gleich kaufen. Es gibt Ballungsräume in Deutschland, da sind Wählerstimmen gar nicht so teuer.

Leistungsträger [*m*] Zumeist Parasiten, die sich für den Wirt halten.

Liberal [*n*] Das Liberal ist ein fröhlicher Kumpan. Keine Steinlaus, eher ein Käsekauer, ein Weichmümmler. Es ist verwandt mit dem Juchtenkäfer, aber auch mit dem Nordhessischen Grottenschleimolm, nur deutlich kleiner. Das Liberal ist in freier Wildbahn nur noch selten zu beobachten, es lebt scheu und zurückgezogen. Bei der Nahrungsaufnahme wurde es zuletzt 2009 beobachtet.

Linkspartei [*f*] Zunächst per PDS wie Phönix aus der Asche der SED auferstanden, heute eine veritable Volkspartei, nach eigener Einschätzung. Die Linkspartei hat sogar Standpunkte, viele, eigentlich alle. Sie ist die FDP für Schlechterverdienende, nur lustiger.

Leistungsträger

Lobbyisten [*m pl*] Die Strippenzieher des Puppentheaters. Marionette des Lobbyisten ist der Politiker, der sich seiner Verpuppung aber gar nicht bewusst ist; wenn doch, so ist er davon überzeugt, er hätte das Zeug zum Schmetterling. Dann wacht er im Amt als Käfer auf, das ist kafkaesk, mit anderen Worten komisch, aber tragisch.

M

Machbarkeitsstudie [*f*] Kann man machen. Wird diese Studie gemacht, macht sie das Projekt wesentlich machbarer und vor allem billiger, zumindest auf dem Papier.

Machtpolitik [*f*] Kein Imperativ. Machtpolitik ist Ausdruck jener Macht, die stets das Gute will, doch nur das Böse

LOBBYISTEN

„Politiker zaubern Inhalte ja nicht aus dem Hut … Es geht bei Interessenvertretung nur vordergründig um Sachthemen. Es geht um die Kunst der menschlichen Beziehungspflege. Ein Politiker, der sich alle Positionen vortragen lässt, muss sich am Ende immer selbst entscheiden. Er überlegt: Wem will ich was Gutes tun? Im Zweifel hilft er dem, den er mag."

Volker Kitz, ehemaliger Lobbyist, erzählt in einem Interview mit SPIEGEL ONLINE (10.9.2013), wie so ein Politikflüsterer arbeitet.

schafft. Das ist sie aber nur nach Ansicht der Machtlosen, die ihrerseits gern selbst mächtig wären, um ihre Vorstellung vom Guten machtvoll an die Wand zu fahren, aber Macht macht nix, weil sie im Parlamentarismus nie mächtig genug ist, um wirklich gut oder schlecht zu sein, nur gut gemeint oder schlecht verkauft oder beides.

Medienberater [*m*] Berät Selbstdarsteller in allen Fragen der Selbstdarstellung. Erklärt dem Politiker, wie er am nettesten lächelt, am freundlichsten guckt, am sympathischsten wirkt und am geistreichsten seine Phrasen drischt.

Mediokratie [*f*] Herrschaft der Medien oder wörtlich: Herrschaft der Mittelmäßigkeit.

Mehrheitsfähigkeit [*f*] Der Politiker strebt an, eine Meinung zu haben, von der er meint, dass sie der Meinung der Mehrheit entspricht, in deren Namen er meint, meinen zu müssen. Der kategorische Imperativ des Politikers lautet: „Rede so, das die Maxime deines Gewäschs zugleich dem Gewäsch der Allgemeinheit entsprechen kann.“

Meinung [*f*] Wird überschätzt, jeder meint zu meinen, was das Meinunghaben stark relativiert. Sie haben eine andere Meinung? Das ist Ihr gutes Recht. Es ist dann zwar die falsche, aber das macht nichts, es heißt nicht ohne Grund Meinung und nicht Deinung oder Unsung.

Migrationshintergrund [*m*] Hat nichts mit einem Panorama zu tun, in dessen Vordergrund sich ein Alpinist ablichten lässt. Er bezeichnet den nationalen Hintergrund eines Einwanderers. Wird dessen heimatlicher Hinter- zum Beweggrund, hat das gravierendere Gründe als ungestillten Bewegungsdrang. Der

Bergwanderer sucht die Aussicht, der Auswanderer den Weg aus der Aussichtslosigkeit. Der Alpinist ist auf der Flucht vor sich selbst, der Asylbewerber auf der Flucht vor den anderen. Der Migrant wandert nicht, weil der Weg das Ziel ist, er wandert, weil er ein Ziel hat.

Mindestlohn [*m*] Der Mindestlohn soll garantieren, dass der Erwerbstätige mindestens so viel verdient, dass er das Rentenalter aus eigener Kraft erreicht, um dann auf die gesetzliche Mindestrente angewiesen zu sein.

Minuswachstum [*n*] Was ist weniger als Nichts? Kann etwas wachsen, das noch weniger als nicht vorhanden ist? Minuswachstum ist eine politikerische Bezeichnung für Verlust. Wachsen kann das Minus nur mathematisch oder auf dem Konto, wenn wir da kein Haben

haben. Und wenn dieses Kein-Haben-haben immer größer wird, sind wir irgendwann pleiterer als pleite, aber wen kümmert's? Toter als tot, das spielt dann auch keine Rolle mehr.

Mitte [*f*] Die Mitte eines Meters ist ein halber, um genau zu sein: 50 cm. Die Mitte der Gesellschaft ist nicht so exakt messbar. Bemühen wir den Maßstab des Meters weiter, so dehnt sich die politische Mitte zwischen Zentimeter 2 und 99, was insgesamt genommen wieder die Mitte des Meters, aber nicht die Mitte eines Meters wäre. Die politische Mitte Deutschlands hat links und rechts nicht viel Platz. Warum sich alle zur Mitte zählen, bleibt unklar. Wenn die Mitte das Maß aller Dinge ist, sprechen wir vom Mittelmaß. Was ist das Gegenteil von Mitte? Wieder die Mitte, nur die andere.

Mülltrennung
MdB
PAPIER
PLASTIK
ÜBERZEU-
GUNGEN

Mitverantwortung [*f*] Wir können alle was tun. Getrennt schlafen, gemeinsam abtrocknen. Nachhaltig leben, Joghurtbecher als Champagnerkelch weiternutzen, nicht alles gleich wegschmeißen. Wechseln Sie den Stromanbieter, wenn 40 Mio. Kunden gleichzeitig zu Ökostrom wechseln, bricht das Netz zusammen. Das ist ein Zeichen, wir müssen Zeichen setzen.

Mülltrennung [*f*] Wir müllen uns nach wie vor zu, aber immer ordentlicher.

N

Nachrichtendienst [*m*] Auch bekannt als Geheimdienste (BKA, BND, MAD u. a.), arbeiten in Deutschland so verdeckt und geheim, dass sie nicht mal was von sich selbst wissen. Dass es in jüngerer

NACHRICHTENDIENST

„Wenn wir für Informationen anderer Nachrichtendienste eine Garantie übernehmen müssen, dass sie unter Wahrung rechtsstaatlicher Prinzipien zustande gekommen sind, können wir den Betrieb einstellen."

Der damalige Bundesinnenminister Wolfgang Schäuble (CDU) in einem Interview mit der BILD am Sonntag am 1.1.2006

Vergangenheit Fahndungspannen gegeben haben soll, ist eine böswillige Unterstellung. Das war technisch gar nicht möglich, weil es keine Fahndung gab.

Neidgesellschaft [*f*] Da beneidet einer den anderen um das, was er hat oder auch nicht. Der Topverdiener beneidet den Geringverdiener um den Steuersatz, der Geringverdiener den Reichen um den Rest. Neid ist Grundlage der Motivation. Das macht Motivationstrainer neidisch, die ohne Neid viel mehr zu tun hätten.

Neo-Nazi [*m*] Der Neo-Nazi ist ein Skin, weil er Haut, aber das weiß er nicht, weil er kein Englisch kann.

Nicht vermittelbar sind Langzeitarbeitslose, noch nicht vermittelbarer ist die politische Begründung dazu.

Nichtwähler [*m pl*] Haben es schwer, versuchen Sie in einer Wahlkabine mal aktiv nichts zu wählen. Da gibt es kein Kästchen. Machen Sie das große Kreuz, wird Ihre Stimme ungültig. Dann sind Sie kein politisch engagierter Nichtwähler mehr, sondern zu dämlich, um gültig zu wählen.

Niedriglohnsektor [*m*] Der Bereich der Wirtschaft, in dem Ausbeutung legal ist.

NPD [*f*] Die Partei, die alle anderen Parteien verbieten würde, wenn sie könnte. Das NPD-Mitglied grüßt, indem es die Rechte aufhebt, und isst seinen Döner nur heimlich. Pizza mampft er ganz öffentlich, denn Pizza hält er für eine deutsche Spezialität.

NSA [*f*] National Security Acency, wobei das „national" nach amerikanischem Selbstverständnis global zu verstehen ist. Eine erfreuliche Entwicklung für all die Vereinsamten auf dieser Welt, endlich wieder einer da, der sich für sie interessiert, der einfach auch mal zuhören kann. Der NSA hat ein offenes Ohr für alle, und das ist sogar fest installiert.

Null Bock Früher politische Kampfansage der Jugend, heute meinen die das ernst.

Nullwachstum [*n*] Kann eine Null wachsen? In der Politik schon, da wächst sie oft über sich selbst hinaus, denken Sie an, an … Schenken wir uns die Namen. Es sind einfach zu viele.

O/P

Opfer bringen Wird von der Politik eingeklagt, wenn sie versagt hat.

Opportunismus [*m*] Zielorientiertes Denken an sich selbst, eine politische Primärtugend. Der Opportunist ist ein brillanter Täuscher seiner selbst, er hat

Opfer bringen

sich so gut getarnt, dass er am Ende nicht weiß, ob er seine Maske abnimmt oder sein Gesicht.

Opposition [*f*] Parlamentarisch institutionalisierter Widerstand, bestreitet aber letzten Endes nicht viel, schon gar nicht seinen Lebensunterhalt. Das macht der Steuerzahler.

Partei [*f*] Organisationsform zur Machtergreifung. In Demokratien gibt es immer mehr als eine davon. Ist das nicht der Fall, so ist Skepsis angebracht.

Parteiausschuss [*m*] Selbsterklärend. Sammelbecken für aussortierte Fachkräfte oder überqualifiziertes Personal.

Parteibasis [*f*] Hält sich für das Fundament einer Tempelanlage, gebaut wird aber immer ein Einkaufszentrum.

Partei-pro-gramm [*n*] Keine Maßeinheit, eher Ausdruck der Maßlosigkeit. Keinesfalls der Maßstab, an dem wir eine Partei messen sollten.

Parteispende [*f*] Fragwürdiges Finanzierungsmodell für fragwürdige Politik zur Wahrung fragwürdiger Bedürfnisse fragwürdiger Interessenvertretungen.

Parteispendengesetz [*n*] Lückenhaft, nix für edle Spender, die dezent und hintergründig Gutes tun wollen. Um das Gesetz zu umgehen, sucht der selbstlose Spender für die Geldübergabe politisch neutrale Geschäftsräume auf. Die Schweiz garantiert ein Mindestmaß an Anonymität. In Basel SBB gibt's sogar einen Gepäckträgerservice, das ist sozial gedacht, gerade für ältere und behinderte Politiker, die das Geld nicht mehr selber tragen können.

PARTEISPENDE

„Ich bin die Stimme der Partei. Bringen Sie das Geld mit, dann dürfen Sie auch mitreden."

Franz Josef Strauß (CSU) gegenüber der Süddeutschen Zeitung am 25.5.1970

Passivhaus [*n*] Der ideale Wohnort für die ideale deutsche Familie: gedämmt, apathisch, ruhig und energieneutral.

Patriarchat [*n*] Wo der Klügere nachgibt, da herrschen die Männer.

Patriot [*f*] Eine Rakete.

Patriotismus [*m*] Viele Raketen.

Pflegenotstand

Persönlichkeit [*f*] Spaltbares Material mit Restrisiken. Die politische Persönlichkeit sollte ein T-Shirt mit der Aufschrift tragen: „Ich bin nicht schizophren, ich auch nicht."

Pflegenotstand [*m*] In der Altenpflege gibt es immer mehr offene Stellen. Die Löhne sind hier meist noch skandalöser als die Arbeitsbedingungen.

Pisa-Studie [*f*] Unsinn, neueste Pisa-Forschungen ergaben, der Turm ist gerade, die Welt ist schief.

Planungssicherheit [*f*] Nichts ist sicher, so viel ist sicher, und das ist auch nicht so ganz sicher. Das zumindest ist sicher.

Pluralismus [*m*] Im Idealfall haben alle nichts zu sagen.

Politiker [*m*] Ungelernter Beruf. Es sind ganz einfache Leute, das dürfen wir nie vergessen. Jeder, der ideologisch nicht festgelegt ist, kann Politiker werden, solange er nicht glaubwürdig ist.

Politikverdrossenheit [*f*] Unser Lieblingswort zur Beurteilung des Souveräns, eine Form schizoider Selbstdenunziation, denn „wir sind das Volk (Souverän)“. Der Politikverdrossene ist demnach verdrossen von sich selbst. Wer von sich aber lauthals behauptet, er sei politikverdrossen, der ist bereits wieder sehr politisch, denn „alle polemischen Begriffe sind politische Begriffe“ (Carl Schmitt). Wer politikverdrossen sagt, der meint zumeist, dass er politikerverdrossen ist. Leider sind bislang alle Versuche, Politik ohne Politiker zu machen, so gescheitert wie Schule ohne Lehrer oder Schnitzel ohne Metzger.

Politische Plattform [*f*] Das trifft zu, differenziert ist die politische Form selten.

Präventivschlag [*m*] Wenn du'n Problem nicht lösen kannst, werde selbst zum Problem.

Private Altersvorsorge [*f*] Was Ihnen als Altersvorsorge verkauft wurde, entpuppt sich jetzt als Sterbehilfe.

Q

Quatsch, alles Schlagkräftiges Argument gegen vernünftige Einwände.

Quatschbude [*f*] Abwertend für Parlament.

Quereinsteiger [*m pl*] in die Politik und ihre komplexen Strukturen steigen

Quereinsteiger

meist wieder quer aus, weil sie sich das Drinsein nicht ganz so quer vorgestellt haben.

Querkopf [*m*] Vordenker, der nach seinem Ableben verehrt wird, auch deshalb.

R

Rating-Agentur [*f*] Flugschule für Aasgeier und Ernährungsberatungsstelle für Heuschrecken.

Realpolitik [*f*] Umschreibung für pragmatische Lösungen jenseits jeder lästigen Moral; anders formuliert: wertfreie, also wertlose Politik, die vom Ballast aller ideellen Prämissen befreit ist. Noch anders gesagt: Alles ist verhandelbar, auch der Verkauf der Großmutter, wenn es der Sache dient. Realpolitik folgt dem Prinzip, das Machbare, selbst wenn es nicht machbar ist, zu machen, koste es, was es wolle. Wenn das nicht reicht, dann kostet es eben mehr. Wenn dabei die Idee nicht zu den Tatsachen passt, hat das keinerlei Auswirkung auf die Tatsachen. Realpolitik hat immer irreale Züge.

Rechtsstaat [*m*] Recht ist immer auch Glückssache, denn es orientiert sich an Justitia, die ist nicht nur auf einem Auge blind. Aber das macht nix: Ein blindes Huhn findet auch mal ein Korn. Die Wahrscheinlichkeit erhöht sich, wenn alle Hühner blind sind. Das ist eine beruhigende Nachricht für jede Regierung.

Rede zur Lage der Nation [*f*] Am Anfang war das Wort, dann kam die Hülse und kurz danach kam die Rede zur Lage der Nation.

Reformstau [*m*] Wir stehen nicht im Stau, wir sind der Stau. Wer Reformen will, muss sich trennen können. Schlussmachen ist immer schwer und funktioniert nur, wenn du was vermeintlich Besseres in Aussicht hast. Das ist bei Reformen in Deutschland unwahrscheinlich.

Reformvorhaben [*n*] Sich etwas vorzunehmen heißt, keine Lust zu haben.

REFORMVORHABEN

Die Finanzierung der Realwirtschaft durch das bewährte Universalbankensystem darf durch das Reformvorhaben nicht gefährdet werden.

Koalitionsvertrag zwischen CDU, CSU und SPD, 16.12.2013. Regeln für die Finanzmärkte, Seite 62.

Renditeerwartung [*f*] Eine Erwartungshaltung, die unerfüllt bleibt, denn der Irrtum ist der Wegbegleiter der Geldanlage.

Renditeversprechen [*n*] Da versprechen wir uns oft viel und die uns auch. Es war einmal, da verliefen wir uns im Dschungel der Renditen, es war finster, kalt, und wir waren hungrig. Da kamen wir an ein Knusperhäuschen von Pfefferaktien fein. Mmh, was da alles dranhing: Sonder-AfAs, Investment-Zertifikate, geschlossene Medienfonds, lecker. Da wollten wir naschen, heimlich. Plötzlich öffnete sich knarzend die Tür: *Huhu, da schaut ein alte Hexe raus, sie lockt die Kunden ins Zuckerbankerhaus.* Schlimm! Aber wisst ihr noch, wie das Märchen von Hänsel und Gretel endet? Hänsel und Gretel haben sich befreit – nur eine Anregung.

Rettungsschirm [*m*] Was bringt ein Schirm, wenn du ihn nicht aufmachen darfst? Entweder du wirst nass, bekommst einen Sonnenstich oder du stürzt ab. Sicher, Ikarus war Grieche, der hatte gar keinen Rettungsschirm und ist trotzdem abgestürzt.

Revolution [*f*] Motivationsspendende Idee, aber wie urteilte schon der Papa aller egalitären Umsturzversuche, Karl Marx: „Revolutionen haben bisher nur eines bewiesen, nämlich, dass sich vieles ändern lässt, bloß nicht der Mensch." Vielleicht kommt das noch, die biotechnischen Möglichkeiten sind vielversprechend.

Rhetorik, politische [*f*] Folgt dem Grundsatz der Grundsatzrede: „Wie soll ich ahnen, was ich denke, wenn ich gar nicht höre, was ich meine." Ausnahme:

Rettungsschirm

Merkel. Sie ist erfrischend wortkarg für eine Frau und redet nach dem Prinzip: „Warum soll ich sagen, was ich denke, wenn ich gar nicht weiß, was ich meine?“ Also sagt sie nix, aber das macht sie sehr eloquent.

Richtlinienkompetenz [*f*] Auch Kanzlerprinzip genannt. Das letzte Wort hat Angela, aber die kluge Kanzlerin vergibt ihren Ministern, wenn sie sich irrt.

Riester- und Rürup-Rente [*f*] Das sind Privatrenten, die nach Politikern benannt wurden, die nicht ohne Grund längst vergessen sind. Die Renten selbst können wir leider auch vergessen.

Rücktritt [*m*] Beim Fahrrad ein Mechanismus zum Abbremsen unkontrollierter Talfahrten. Rücktritt ist beim Politiker auch drin, wird aber nie rechtzeitig genutzt. Das Timing für den gelungenen Abgang ist den wenigsten gegeben. In der Union muss keiner die Kunst des Rücktritts beherrschen, denn Angela Merkel ist Physikerin und hat schon so manches Teilchen beschleunigt.

S

Sachzwang [*m*] Outsourcing der politischen Eigenverantwortung. Für Entscheidungen verantwortlich gemacht wird nicht länger der Entscheidungsträger, sondern die Entscheidung. Beim Sachzwang wedelt der Schwanz mit dem Hund, oder besser: Da geht das Herrchen an der Leine.

Schuldenbremse [*f*] Anfälliges Verschleißteil, der Technik entlehnter Begriff zur Kontrolle des Fahrverhaltens wirtschaftspolitischer Vehikel, nutzt aber nichts, wenn sie keiner tritt. Wird sie betätigt, versagt sie aufgrund schadhafter Bremsbeläge. Bremsen wird überschätzt, weshalb ein Tempolimit nicht in Frage kommt. Ungebremstes Fahrverhalten sorgt für ökonomische Dynamik und kurbelt den Neuwagenverkauf an.

Schuldenschnitt [*m*] Gilt in der Wirtschaft als goldener Schnitt. Wer sich auf den Schuldenschnitt verlässt, ist mit bemerkenswertem Vertrauen gesegnet, er blickt in den Weidenkorb und vertraut darauf, dass die Guillotine daneben schlägt.

Seilschaft [*f*] Alpinistisch eine Schicksalsgemeinschaft, bei der alle mit einem Seil verbunden sind, weshalb jeder Kletterer ein scharfes Messer dabei hat, um sich im Falle des Absturzes eines Kameraden von ihm zu befreien, wenn er nicht zu retten ist. Politisch das gleiche.

Selbstlosigkeit [*f*] Politische Primärtugend. Der gute Politiker denkt nie an sich, weshalb er sich später auch nie an sich erinnern kann.

Skandal [*m*] Politische Skandale werden gern totgeschwiegen, woran sie im Idealfall auch sterben.

Snowden, Edi Klingt wie ein Schneegestöber, ist aber ein Aufklärer in der Tradition von Lessing und Kant. Das mögen die Amerikaner nicht, die halten Aufklärung für die Vorbereitung einer Bodenoffensive.

Solidaritätszuschlag [*m*] Der Soli ist ein Mussi und hat weniger mit Solidarität zu tun, als mit Zuschlag. Diesen Zuschlag hat sich das Finanzministerium ausgedacht, um die Steuer anzuheben, ohne sie zu erhöhen. Finanzpolitisch ist das nachvollziehbar für alle, die ihre Briefmarken wegschmeißen, wenn das Porto erhöht wird. Ursprünglich sollte der Soli die Wiedervereinigung refinanzieren, wobei auch die Wiederverein-

SOLIDARITÄTSZUSCHLAG

„Ich zahle meine Steuern gern und kann trotzdem gut leben … Noch einmal: Ich finde, Sie und ich verdienen gut. Da muss man Steuern nicht als Zwang ansehen."

Bundesfinanzminister Wolfgang Schäuble (CDU) in einem Interview in der FAZ am 27.12.2009.

nahmten selbst mit sich solidarisch sein müssen und für diese Solidarität ebenso zahlen.

Sommerloch [*n*] In dem Loch wird nachrichtentechnisch alles verklappt, was in den anderen drei Jahreszeiten an Beifang anfällt oder sonst keinen Menschen interessiert. Es kommt gehäuft zu prominenten Partnerwechseln, Schweinegrippen, Skandalnudeln und anderen toxischen Lebensmitteln, die das Überleben der Medien in dieser informationskargen Jahreszeit sichern. Da heißt es, Vorsicht: Spuren von Fisch im Pangasius entdeckt! Fruchtzwerge sind nicht aus Zwerg! Bei Kindermilchschnitten sind sich die Experten noch unsicher. Bioeier sind gesünder – für das Huhn, Gemüse ist nur saisonal tödlich, Cholesterin immer. Auf Rohkost sollten sie unbedingt nie, aber manchmal ganz verzichten. Das Glas Wein am Abend ist dafür fast immer gesund, solange es nicht mehr als 1,5 Liter fasst. Ohne das Sommerloch wüssten wir all das nicht.

Soziale Unruhen [*f pl*] In Frankreich beliebt, in Deutschland sind Barrikaden unwahrscheinlich und brennende Autos erst recht. Der Deutsche fackelt sein altes Auto nicht ab, er kassiert eine Prämie und spart auf ein neues. Ein Volk, das wahnhaft Neuwagen kauft, plant keine Revolution, sondern Urlaub.

Sozial schwache Familien [*f pl*] Wir sagen gern sozial schwach, wenn wir ökonomisch erfolglos meinen. Wer arm ist, ist aber nicht notgedrungen asozial; wer reich ist, auch nicht, aber er hätte zumindest hinlängliche Gründe dafür.

Sozialtourismus

Sozialtourismus [*m*] Wurde zum Unwort 2013 gekürt, bleibt aber dennoch das Lieblingsargument nationaler Demokraten. Die Diskussion um Sozialtouristen illustriert anschaulich das Problem der Armutszuwanderung in Deutschland – das der geistigen Armutszuwanderung.

SPD [*f*] Sozialdemokratischste Partei Deutschlands, früher mit Menschen wie Rosa Luxemburg und Willy Brandt herausragend besetzt, heute hat die SPD nicht mehr nur keinen Standpunkt, sie hat auch keinen mehr, der ihn vertritt.

Spesen [*f pl*] Geldwerter Vorteil für Angestellte, Lebensgrundlage für Berufspolitiker, oft umstritten.

Spitzenfunktionär [*m*] Leitender Angestellter einer Partei, Gewerkschaft,

Interessenvertretung, eines Sportvereins oder ähnlichem. Er lässt sich schwer charakterisieren, denn er hat keinen Charakter, hätte er einen, würde er ihn als Schwäche begreifen und für sich behalten. Charakterlos ist der Spitzenfunktionär aber auch nicht. Er ist nicht unsympathisch, aber sympathisch erst recht nicht. Was macht ein Wirbelloser, wenn er Rückgrat zeigen muss? Er verkleidet sich als Funktionär.

Spitzenpolitiker [*m*] Der Spitzenpolitiker ist stumpf, aber fleißig, emsig hat er sich hochkompromisstiert. Spitzenpolitiker sind die kleinsten gemeinsamen Nenner des politisch Zumutbaren. Sie sind das, was von der Meinung übrig bleibt, nachdem sie einen parteiinternen Meinungsbildungsprozess durchlaufen hat, nämlich nichts – im Prinzip und aus Prinzip. Da bleibt keiner übrig, der wirklich was will, sonst würde sich ja etwas ändern. Bleibt zu sagen: Spitzenpolitiker sind Glühwürmchen, die als Berufswunsch Flutlicht angaben.

Sponsoring [*n*] Schleichwerbung, die längst nicht mehr schleicht. Jede Einrichtung des öffentlichen Lebens sucht sich einen selbstlosen Gönner und transformiert sich so von einer Institution zur Werbefläche – ein Trend, der auch vor Gotteshäusern nicht Halt machen wird.

Stammwähler [*m*] Wählt das Holz, aus dem er meint, selbst geschnitzt zu sein, nicht die Früchte, die der Baum trägt, dessen Stamm er wählt und schon gar nicht die Blüten, die jener Baum treibt. Der Stammwähler ist der Lieblingswähler jeder Partei.

Standpunkt [*m*] Der Punkt, auf dem der Politiker steht, wenn er nicht gerade geht, fährt, fliegt, liegt oder umfällt.

Steuerabkommen [*n*] Der Versuch, Schwarzgeld zu bleichen und ein wenig aufzuhellen, eine Form der legalen Geldwäsche, bei der sowohl die Geldwäscher als auch das Schmutzgeld nichts zu befürchten haben. Es könnte der Prävention panischer Kaptialflucht dienen und die Asylanträge deutscher Eurokoffer in der Schweiz senken. Noch kennen Schweizer Banken keine Meldepflicht für nichtfrankische Zuwanderer. Abkommen mit Steueroasen sind schwierig, welche Oase will schon ihren eigenen Brunnen vergiften oder ganz und gar austrocknen?

Steuer-CD [*f*] Datenträger mit Wirtschaftsflüchtlingen. Vom Hungertod bedrohte, von Inquisitoren der Steuerprüfung gepeinigte und von den Despoten brutaler Sozialstaaten ausgepresste Kleinsparer flohen vor den Todesschwadronen der Finanzämter in die Schweiz. Nun sollen die armen Steuersünder dafür auch noch zur Rechenschaft gezogen werden. Dass es die FDP für falsch hält, die Datenträger zu erwerben, ist nachvollziehbar, es handelt sich dabei womöglich um das Register ihrer letzten Stammwähler. Freie Demokraten gehören nicht in den Knast, dann wären es keine freien Demokraten mehr, finden auch Teile der CDU und begründen ihre Skepsis mit Bedenken gegenüber den CD-Händlern, sie halten deren Geschäftsmodell für „denunziativ“ (Kauder). Wer Hinweise zur Ergreifung von Kriminellen liefert, deckt nach unserem Rechtsverständnis ein Verbrechen auf, das ist nicht denunziativ, selbst wenn es eine Belohnung gibt. Opfer werden denunziert, Täter angezeigt. Jeder schamlose Banker kassiert auch Boni.

Steuerhinterziehung [*f*] Deutscher Volkssport, logische Konsequenz aus dem Steuerrecht. Das deutsche Steuerrecht macht dich paranoid und dein Geld auch. Allein in Basel werden täglich 18 Steuerflüchtige erwischt, nur in der Bahn, dabei handelt es sich geschätzt um 2 % der Täter, im Schnitt finden die Fahnder 58 000 €. Mit anderen Zahlworten: 58 000 € mal 18 (Erwischte) mal 50 (Dunkelziffer) mal 365 (Tage im Jahr) mal 42 % (Steuersatz) minus 2 % (Erwischte), das sind ca. 8 000 000 000 € jährlich, cash, an einem Grenzübergang, alleine im ICE Fröhlicher Geldsack. Beruhigend, unser Land hat noch Reserven.

Störfeuer [*n*] Militärischer Begriff für ein Ablenkungsmanöver, der zivil nicht minder kriegerisch gemeint ist, aber den äußerst humanitären Umgang zwischen börsennotierten Unternehmen beschreibt.

Systemfehler [*m*] Das System hat keine Fehler, das System ist der Fehler.

Systemrelevant [*adj*] Wer oder was ist das und in welchem Maße? Lehrer sind weniger relevant als Banker, weshalb sie schlechter bezahlt werden. Wer nix verdient, ist nicht systemrelevant, aber nur als Staatsbürger. Für die Kirche hingegen ist die Armut systemrelevant, weshalb sie sich für die Armut einsetzt, denn wie willst du barmherzig Almosen verteilen, wenn sie keiner mehr braucht. Das wäre das Ende der Abhängigkeit, das Ende der Dankbarkeit, das Ende der

Kirche selbst. Banken sind für Staaten systemrelevant, weil sie auf deren Zuneigung lebensnotwendig angewiesen sind.

T

Tatsachenentscheid [*m*] Da entscheiden andere für uns, die Tatsachen. Umschreibung für Fremdbestimmtheit.

Think Tank [*m*] Team von Denkern. Wörtlich: kognitiv hochbegabtes Kettenfahrzeug, ein intelligenter Panzer, quasi ein Fuchs.

Tierischer Ernst [*m*] Der ist zutiefst menschlich. Aber wer Menschen ernst nimmt, der wird uns gar nicht gerecht. Bisweilen werden Politiker mit dem Orden wider den tierischen Ernst aus-

ThinK TanK

gezeichnet, weil ihre Komik selten auf Freiwilligkeit basiert, sondern tierischer Instinkthaftigkeit folgt.

Toleranz [*f*] Vorurteilsfreie Offenheit gegenüber anderen, nicht zu verwechseln mit Gleichgültigkeit.

Transferleistung [*f*] Geldwerte Dienstleistung des Transportwesens in Form von kostenlosen Rückflugtickets in den Kongo, aber auch Fresskörbchen aus der Biotonne, Kleidersäcke oder Einkaufsgutscheine bei der Fürsorge, damit Hartz-IV-Empfänger nicht in Supermärkten einkaufen oder sich anderweitig spätrömisch dekadent versorgen.

Transparenz [*f*] Von der Politik und ihren Darstellern wird stets mehr Transparenz gefordert, dabei ist die Politik heu-

TRANSFERLEISTUNG

> „Wir zahlen alle gerne Steuern für Bedürftige, aber eben nicht für Findige."
>
> Der ehemalige Bundesaußenminister Guido Westerwelle (FDP) in Die Welt am 25.02.2010

te schon sehr durchsichtig. Um Politik zu durchschauen, muss man weder einen Nacktscanner bemühen noch auf die Daten des NSA zugreifen können. Schaden kann es aber auch nichts.

Trend [*m*] Der Trend ist ein Phänomen, dem der Politiker hinterherjagt. Hat er ihn erreicht, ist es kein Trend mehr, sondern alter Käse, weshalb der trendige Politiker meist ein wenig muffelt.

Wer einem Trend folgt, ist immer zu spät. Wer in der Zeitung von gestern die Nachricht von morgen sucht, tut dies meist auch vergeblich.

Türen öffnen Häufig benutzter Terminus im Sprachgebrauch hochrangiger Diplomaten zur Rechtfertigung dubioser Bewirtungskosten für dubiose Geschäftsführer dubioser Regime, zu denen sie sich aus Gründen der wirtschaftlichen Zusammenarbeit Zugang verschaffen wollen. Eine Tür zu öffnen, müsste aber gar nicht so teuer sein.
Es ist im Prinzip leicht: Du drückst die Klinke nach unten und ziehst. Wenn die Tür aber verschlossen ist, will der Betreffende seine Ruhe, das sollte man akzeptieren. Ihnen wäre das auch unangenehm, Sie sitzen auf dem Klo und plötzlich stürmt ein diplomatischer Türöffner herein.

U

Überfremdung [*f*] Abwertender Begriff für Bereicherung.

Überwachungsstaat [*m*] Orwell und Huxley haben es immer schon gewusst. Oder haben Sie sich noch nie gefragt,

ÜBERFREMDUNG

„Die vielen unterschiedlichen Dialekte! Im Bundestag trifft sich ganz Deutschland auf engem Raum, das ist toll.“

Michelle Müntefering (SPD) auf die Frage, was für sie als neue Abgeordnete in den ersten drei Monaten am überraschendsten war. In: Handelsblatt, Die Neuen im Bundestag, 8.1.2014 warum Sie in der U-Bahn nie erwischt werden, wenn Sie einen Fahrschein haben? Wer sich moderner Kommunikationsmittel bedient, im Glauben, er hätte nichts zu verbergen, der wird sich noch wundern. Die Überwachung hat aber auch Vorteile: Führen Sie mal völlig irrsinnige Telefongespräche in ausgedachten Fremdsprachen, in denen aber die Wörter „explosiv", „TNT" und „bumm" fallen, und dann stellen Sie sich vor, wie zig Mitarbeiter von Überwachungsbehörden versuchen, zwanghaft Ihren Text zu übersetzen und deshalb so gebunden sind, dass sie gar nicht mehr zum Überwachen kommen.

Umweltminister [*m*] Ist ein gefährliches Amt und hat eine kurze Halbwertszeit. Schon ein Assebesuch reicht für einen Mutationshintergrund. Bislang hat nur ein Umweltminister politisch überlebt.

Merkel ist unkaputtbar, an ihr strahlt alles ab.

UN (United Nations) [*f pl*] Wunschvorstellung mit Wohnsitz in New York. Wird von fast allen Nationen genutzt als Swinger-Club: Nichts muss, alles darf und am Ende ist Krieg. So ließe sich der jährliche Tätigkeitsbericht der UN zusammenfassen.

Untersuchungsausschuss [*m*] Sorgt für die innere Sicherheit des Parlaments. Untersucht den Ausschuss und die, die bald dazugehören. Vor ihm stehen Politiker, die sich zu aktiv haben bewerben lassen oder im Verdacht stehen, nicht im Sinne des Volkes, das sie vertreten, sondern im Sinne der Vertreter, die sie vertreten, gehandelt zu haben. Vor dem Ausschuss landen auch Sachverhalte, deren Lösungs- oder

UNTERSUCHUNGSAUSSCHUSS

„Wir sollten die Leistungsfähigkeit des Bundesnachrichtendienstes nicht durch parlamentarische Untersuchungsausschüsse gefährden."

Wolfgang Schäuble (CDU) beim Symposium des BND am 01.11.2007, Quelle: Zeit.de, 01.11.2007

Nichtlösungsversuche mit der Verfassung nicht vereinbar sind, selbst wenn sie zuvor mit den entsprechenden Willens- und Kostenträgern vereinbart wurden.

Unwort des Jahres [*n*] Unwort, das ist ein Unwort, aber Entlassungsproduktivität, Rentnerdemokratie oder Flüchtlingsbekämpfung? Wir können doch nicht das

Wort stigmatisieren, bloß weil es inhaltlich zutrifft. Sozialtourismus trifft hingegen wirklich nicht zu, es sind ja keine Sozial-Touristen, die entfliegen dem sozialen Elend Deutschlands pauschal und all inclusive nach Bulgarien, TUI-Land oder Goa, weil da alles viel billiger ist, da kannst du sogar die Kondome sparen, auf ein Häuschen im Grünen, wenn du es dann noch brauchst. Das macht viel Spaß, ist aber eher asozial.

V

Verbraucherschutzministerium [*n*] Schützt idealiter den Verbraucher vor dem Verbrauch seiner selbst und dioxinhaltiger Ostereier.

Verdunklung [*f*] Ist eine Gefahr, da kann man schon allergisch reagieren, wenn

VERBRAUCHERSCHUTZMIN.

Ich darf Ihnen versichern, dass wir für die Standpunkte und für die Erfordernisse der Lebensmittelwirtschaft als einem der wichtigsten Wirtschaftszweige in Deutschland immer ein offenes Ohr haben. Und ich bin zuversichtlich, dass wir auch in Zukunft mit Ihnen … in einem konstruktiven Dialog bleiben und anstehende Fragestellungen lösungsorientiert diskutieren werden. Denn für uns alle gilt der Slogan, den ein großes Handelsunternehmen zum Motto erhoben hat: „Wir lieben Lebensmittel!“

Parlamentarische Staatssekretärin Dr. M. Flachsbarth (CDU) beim Berliner Empfang des Bundes für Lebensmittelrecht und Lebensmittelkunde e.V. am 14.01.2014.

alles ans Licht kommt. Da hat sich schon wieder ein Maulwurf übergeben, weil er plötzlich sehen konnte.

Verfassungsschutz [*m*] Die Verfassung heißt in Deutschland Grundgesetz. Das sollte dem Verfassungsschutz dringend einmal mitgeteilt werden, damit er sich an das halten kann, was er beschützen soll. Der Tätigkeitsbericht dieser Behörde landet oft ungeschreddert im Altpapier, so dass seine meist sinnlose Tätigkeit zumindest sinnvoll wiederverwertet werden kann.

Verhältnismäßigkeit der Mittel [*f*] Ausdruck der Mittelmäßigkeit der Verhältnisse.

Vermittlungsproblem [*n*] Problem der Datenübermittlung auf der Verständnisebene. Verliert ein Politiker das Ver-

Verhältnismäßigkeit der Mittel

trauen seiner Vertrauten, vertraut er seinen Ohren nicht. Wird ihm dann das Vertrauen entzogen, spricht er von einem Vermittlungsproblem.

Verteidigungsminister [*m*] Da wir keinen Staat mehr angreifen, führen wir keinen Krieg, wenn doch, dann ist es eine Abwehrschlacht, die im Sechzehnmeterraum des Gegners beginnt. Das Tor zu Deutschland soll zu sein, weshalb dieses Tor bereits im Hindukusch verteidigt wird. Der Begriff Verteidigungsminister bleibt nebulös, Kriegsminister wäre ehrlicher, zumindest Kriegsähnlichkeitsminister, aber das ist eine semantische Frage, also nicht weiter wichtig, denn man muss es nicht Krieg nennen, um darin zu fallen.

Vertrauensbildende Maßnahme [*f*] Im zwischenmenschlichen Bereich

Strategie zur Stärkung sozialer Beziehungen, auf zwischenstaatlicher Ebene häufig angsteinflößendes Verhalten zur Gefügigmachung eines unwilligen Geschäftspartners, oft kriegerisch.

Vertrauensnetz [*n*] Hat noch keinen aufgefangen, es ist ein feines Konstrukt versponnener Seilschaften und klebrig für den, der sich hineinbegibt. Die Beziehungen innerhalb des Netzes sind stabil, wenngleich kurz. Bei Spinnen wird das Männchen nach Erfüllung seiner Pflicht verspeist, der Happen danach hat sich bewährt. Die Frau ist satt, der Mann aller Sorgen entledigt. Das ist das Prinzip Merkel.

Volkspartei [*f*] Nach eigenem Selbstverständnis eine Partei, in der sich ein Großteil der Bevölkerung abgebildet fühlt, eine Partei mit viel Volk. Wo „viel

Volk“ anfängt ist unklar, feststeht, es wird weniger. Als Volkspartei gelten: CDU flächendeckend, CSU in Bayern, SPD in Teilen Westdeutschlands, Linke in Ostdeutschland, Grüne in Baden-Württemberg, Piraten in Berlin und die NPD in … Nein, das wollen wir gar nicht wissen, aber es gibt Gemeinden, auch westlich der Ukraine, Schwamm drüber, wenn das ginge.

Volkssouveränität [*f*] Das Volk ist hierzulande der Souverän, denn die Macht geht vom Volk aus. Wohin? Zu den Parteien. Dann ist sie weg.

Volksvertreter [*m*] Geht er von Haus zu Haus, um sich seinem Volk als Vertreter zu verkaufen, betreibt er Basisarbeit, die Arbeit macht er sich aber nur für die Medienvertreter, die ihn dabei begleiten, er ist also zuerst ein Ich-Vertreter.

Vorbildfunktion [*f*] Übernimmt ein Politiker, wenn er Fahrrad fährt, um zu zeigen, dass es prinzipiell möglich ist. Da es keine kugelsicheren Fahrräder gibt, ist dem Spitzenpolitiker die Möglichkeit dieser Vorbildfunktion verwehrt.

Vorstellungskraft [*f*] Ist in der Politik ausgeprägt, aber wer sich zu viel vorstellt, etwa einen Berliner Flughafen, der blickt nicht mehr durch und verliert jede Perspektive.

W

Wahlfreiheit [*f*] Ist die Freiheit, das zu wählen, was im Angebot ist.

Wahllokal [*n*] Normalerweise unsere Stammkneipe, aber alle vier Jahre auch der Ort, an dem wir unseren politischen Willen beisetzen. Urnenbestattung.

Wahl-O-Mat [*m*] Technisches Hilfsmittel, um Parteien zu liken. Genauso abhörsicher wie Facebook und ebenso schwierig zu manipulieren wie Ebay-Auktionen.

Wahlrecht (aktiv) [*n*] Jeder Bundesbürger ist mit Vollendung des 18. Lebensjahrs wahlberechtigt, nur das Spielcasino darf er noch nicht wählen. Je wichtiger die Wahl, desto idiotensicherer das Wahlrecht. Die Erststimme ist zum Üben, bei der Zweitstimme sollten wir es schon können. Wer nicht weiß, ob oder was er wählen will, muss ungültig stimmen, aber dann gilt er als jemand, der zu doof ist, zwei Kreuze zu machen.

Wahlrecht (passiv) [*n*] Wer unbedingt will, kann sich von den anderen in ein

Amt wählen lassen, für Klassensprecher gilt keine Altersbegrenzung, für andere Ämter schon. Wer Kanzler werden will, muss bereits 18 Jahre sein, wer bayerischer Ministerpräsident werden möchte hingegen mindestens 40. Das ist weise, denn wer unter 40 bereits CSU-Mitglied ist, der sollte wirklich keine politische Verantwortung tragen dürfen.

Wahlversprechen [*n*] Lässt sich auf einen Versprecher zurückführen, an den sich später keiner mehr erinnert.

Wahlwerbung [*f*] Brunftzeit der Machtsauger, verbunden mit Brautschau und Wahlgesang. Der klingt oft schön, ist aber ohne informativen Nährwert. Verfolgen Sie Wahlkampfreden? Mich schon: „Näher, in der Mitte, des Menschen, anpacken, für unser Land, Stär-

WAHLVERSPRECHEN

„Wir werden als Koalition von allen Seiten an dem gemessen, was in Wahlkämpfen gesagt worden ist. Das ist unfair, weil es zwischendurch ein Ereignis gegeben hat, nämlich die Bundestagswahl und die daraus entstandene Koalition."

Der damalige Vizekanzler Franz Müntefering (SPD) auf einer Pressekonferenz mit Kanzlerin Angela Merkel am 29.08.2006

ken stärken, Schwächen schwächen, Deutschland kann, Leistung muss, wir, du, ich, uns!"

Wall Street [*f*] Einstmals die Stadtgrenze New Yorks, heute die Grenze des

Wachstums. Sinnbild der globalen Begrenztheit.

Wanze [*f*] Heute besser bekannt als Smartphone, Handy oder WLAN. Nach einem kleinen, Juckreiz verursachenden Haustier benannte Technik zur investigativen Anteilnahme an unserem persönlichen Wohlbefinden.

Weichenstellung [*f*] Dem Bahnverkehr entlehnter Begriff, der signalisiert, dass am Reiseplan gearbeitet wird, was nichts an der Verspätung ändert, zumal so manch gestellte politische Weiche aufs Abstellgleis führt.

Weltpolizei [*f*] Als solche galt die USA. Die begreift sich jetzt als Weltgesundheitsorganisation. Die USA sind besorgt um das Herz-Kreislauf-System von

Freund und Feind, weshalb sie vorsorglich alle abhören.

Wichtig [*adj*] Das politikerischste aller Wörter, zentraler Begriff für das Selbstverständnis des Politiker. Wichtig, das Wort, das sich aus Wicht und ich zusammensetzt. Ich, Wicht, Wicht, ich ganz besonders Wicht ich.

Widerstand [*m*] Physikalisches Phänomen aus der Elektrotechnik. Historisch auch politisches Phänomen bei allgemeiner Unzufriedenheit.

Wille [*m*] Der Wille, auch der politische, führt zum Wollen. Wollen heißt haben wollen. Wer haben will, der will nicht seins, das hat er ja schon. Er will meins oder deins, aber das wollen wir nicht, dass er das bekommt. Der Wille der anderen hat seine Tücken, deshalb soll-

WIRTSCHAFTSFLÜCHTLING

„Mit Verlaub, Herr Präsident, Sie sind ein Arschloch.“

Der Bundestagsabgeordnete Joschka Fischer (Die Grünen) am 18.10.1984 zum damaligen Bundestagsvizepräsidenten Richard Stücklen (CSU), als dieser einen Abgeordneten der Grünen des Plenarsaals verwies, der Helmut Kohl als „von Flick freigekauft“ bezeichnet hatte.

ten wir nie vergessen, selbst auch noch was zu wollen.

Wirtschaftsflüchtling [*m*] Jemand, der in die Kneipe flieht, um der angespannten Haushaltslage zu entrinnen. Wer was anderes damit meint, ist, um mit Joschka Fischer zu sprechen, mit Verlaub ein …

Wirtschaftsweise [*f*] Immer das gleiche Lied: *Wer soll das bezahlen, wer hat so viel Pinkepinke, wer hat so viel Geld?* Nicht zu verwechseln mit den Wirtschaftsweisen, das sind Experten, denn vorher weiß man immer alles besser. Wenn sie sich irren, dann nur, weil sich die Zukunft nicht an ihre Prognosen hält. Wirtschaftsweise wissen schon jetzt, wie's niemals laufen wird, weshalb es zuverlässiger ist, im Kaffeesatz zu lesen, also in den Originalbilanzen der Banken. Aber die gibt es nicht, weshalb es noch zuverlässiger ist, die Sterne zu befragen.

Wohlstandsverwahrlosung [*f*] Das Gegenteil von kinderreich ist reiches Kind, das muss nicht zwangsläufig zur Verwahrlosung führen.

Wutbürger [*m*] Choleriker, der sich aufgrund seiner gefühlten Übervor-

Wohlstandsverwahrlosung

teilung trotzig gebärdet. Als besonders ungerecht empfindet es der Wutbürger, wenn er für etwas bezahlen muss, das er in Anspruch nimmt. Der introvertierte Wutbürger heult statt dessen Rotz und Wasser, das ist sympathischer, denn Tränen sind das Lächeln der Melancholie.

X/Y

X [*n*] Buchstabe zur Unkenntlichmachung relevanter Informationen: x-en. Wichtigster Buchstabe der Geheimdiplomatie.

X-beliebig [*adj*] Ein von Politikern nie genutztes Wort zur Bezeichnung der von ihnen vertretenen Inhalte.

Xenophobie [*f*] Pathologische Angst vor allem Fremden. Wem diese Angst

Angst macht, der leidet nicht unter einer Xenophobie-Phobie, sondern unter Philanthropie, mit anderen Worten, er erfreut sich bester Gesundheit.

Yes we can! Die bislang umwälzendste und sinnentleerteste Botschaft des 21. Jahrhunderts. Klar können wir – was dafür und sogar dagegen. Noch idiotischer war nur: Are you ready for change? Seid ihr bereit für Kleingeld? Könnte Obama ein drittes Mal für die Präsidentschaft kandidieren, so wäre sein Slogan vermutlich: Yes we scan!

Ypsilanti-Fliege [*f*] Von ihrem Entdecker, Werner Koczwara, benannt nach der hessischen Politikerin. Eingeschränkt zurechnungsfähige Eintagsfliege mit dem Hang, gegen geschlossene Fenster zu fliegen.

Z

Zerebralsklerose [*f*] Medizinische Erklärung für die kognitiven Ausfälle und spontanen Gedächtnislücken politischer Verantwortungsträger. Endet nicht selten in neurologischer Totalauflösung. Viele Politiker haben an ihrem eigenen Leben offenkundig gar nicht teilgenommen.

Zielorientiertheit [*f*] Politikerisch für Orientierungslosigkeit, untermauert mit der fernöstlichen Weisheit: „Der Weg ist das Ziel." Aber was ist dann der Rückweg? Seitdem machen wir Rundreisen. Immer um den heißen Brei herum.

Zigeuner [*m*] Semantisch überholt, der politisch korrekt Politiker sagt: mobile ethnische Minderheit. Aber bestellt mal so ein Schnitzel, da wird es schon schwierig mit dem Humanismus.

Zivilcourage [*f*] Tut not und ist häufig schmerzhaft, aber längst nicht so, wie darauf zu verzichten.

Zivilisation [*f*] Nur wenige Nationen halten sich für unzivilisiert. Für besonders zivilisiert halten sich die USA, so war der 11. September 2001 nicht nur ein Terroranschlag, sondern ein Anschlag auf die zivilisierte Welt, damit meinten die sich. Natürlich ist der Amerikaner zivilisiert, er isst zwar selten mit Messer und Gabel, aber Elektrifizierung ist auch ein Zeichen von Zivilisation und in den USA geht alles elektrisch, wenn die Zivilisation nicht gerade mal wieder überlastet ist. Überlastet sind die Zivilisierten Staaten von Amerika mit vielem, etwa mit der UN-Kinderrechtskonvention, die sie als einziger Staat bis heute nicht ratifiziert haben. Eine Nation, die vielerorts Homosexualität als Straftat verfolgt, betrachtet Kinderschändung allenfalls als Ordnungswidrigkeit. Zivilisation hat viele Gesichter und eben auch einige Fratzen.

Zugpferd [*n*] Mischwesen aus Demoskopie und Demagogie, das beste Pferd im Stall einer Partei. Pferde spielen in der Politik eine große Rolle, da geht's um Stallgeruch und Wiehr-Gefühl, da wird mit Hufen gescharrt und da werden die Nüstern gebläht, da wird von Stutenbissigkeit und Schlachtrössern geredet. Das Zugpferd soll nicht nur den Karren aus dem Dreck ziehen, sondern möglichst viele Menschen dazu ermutigen, sich für den Karren als Beförderungsmittel ihres politischen Willens zu entscheiden. Warum sich das Pferd als bildgebendes Medium der Politik durchgesetzt hat? Pferde sind klug, kein Pferd wäre so unvernünftig, auf Menschen zu wetten. Das tun Zugpferde auch nicht, sie spekulieren darauf, dass die Menschen, sprich Wähler, auf sie wetten. Der Wetteinsatz ist gering, kann aber existenzbedrohende Folgen haben, denn Demokratie ist immer auch Glückssache.

Zweiklassenmedizin [*f*] Bezeichnet den Unterschied zwischen privater und gesetzlicher Krankenversicherung. Die private führt zum Anstieg chronischer Rechtschreibschwäche (Verschreiben ist ein anderes Wort für Legasthenie), die gesetzliche zu Spontanheilungen, denn die Kassen sind jetzt Gesundheitskassen, die zahlen nicht, wenn du krank bist.

ZuKunftsorientiert

Zukunftsorientiert [*adj*] Nicht so schlimm, das Beruhigende an der Zukunft ist, dass sie vor uns liegt.

Zweck [*m*] Der heiligt nicht nur die Mittel, auch die Titel, die Bündnisse, den Optimismus und den Pessimismus. Eigentlich rechtfertigt er alles.

ZUKUNFTSORIENTIERT

„Zwischen einem Bedürfnis und einer Lösung liegt oft nur eine App."

Rüdiger Grube, Vorstandsvorsitzender der Deutschen Bahn AG, bei der Vorstellung der Zukunftsstrategie des Unternehmens (Strategiepapier DB 2020, 2012).